신규간호사 일기장

이름 박소정

2학년 7반

응급실 간호사

누구나 처음의 순간이 있다
서툴고 온전치 않아 더 오래도록 기억되는 첫 시작
사회초년생으로서 누구보다 치열했던 인생의 한 페이지
하루하루를 버티던 나의 투쟁으로
불완전한 순간 가장 크게 발돋움했다

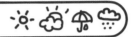

우리는 저마다의 모양으로 새로운 시작을 준비한다. '신규'란 새로울 신에 법규 자를 써서 새로운 규칙이나 규정, 새로이 하는 일을 의미한다. 미시적으로는 우리 삶의 데일리 루틴을 바꾸거나, 거처를 옮기거나, 새로운 사람을 만날 때 우리는 작은 변화를 겪는다. 거시적으로는 인생의 생애 주기에서 학교에 들어갈 때, 새로운 직장에 취직했을 때, 가정을 꾸려 부모가 되었을 때, 죽음을 준비할 때와 같이 인생이 송두리째 변하는 전환점이 되기도 한다. 이렇게 크고 작은 사건들 속에서 우리는 끊임없이 처음을 맞이한다.

이십 대 첫 자락, 간호사 면허증을 취득한 갓난쟁이 졸업생에서 임상에서 근무하는 직장인으로 탈바꿈했다. 체감상 이 시기에 내딛는 한 발자국은 번지점프대 앞에 뛰어내리길 준비하는 사람의 마음과 같았다. 앞날에 대한 기대와 불확실성으로 뛰어내리기 전까지 망설임과 설렘이 공존한 채 용기가 필요했다. 하지만 모든 압박감을 이기고 뛰어내려 육지에 착륙했을 때는 해냈다는 성취감으로 두고두고 그때를 회상하며 살아갈 원동력을 얻을 것이다. 나에겐 누구보다 치열하게 살았던 신규 간호사 생활이 그러하다.

이 책은 사회 초년생으로서의 서툴고 온전치 않은 것들의 기록이다. 새로운 시작 앞에 잘하고 싶은 마음은 가득하지만 실수투성이에 요령은 없는 신규 간호사가 응급실에 입사해서 홀로서기까지의 과정을 담았다. 간호사로서 일 인분의 역할을 해내기까지의 과정은 녹록지 않았다. 아기 걸음마 떼듯 수도 없이 넘어지고 다시 일어서기까지 끝없는 고민과 시행착오를 반복했다. 나의 이야기지만 저마다의 처음의 순간과 닮아있을지도 모른다. 완벽과는 거리가 멀어 오히려 더 오래오래 기억되는 첫 시작. 멀리 내다볼 여력도 없이 그저 하루하루를 버티던 나의 투쟁으로 연약하고 불완전한 순간 가장 크게 발돋움했다.

* 같은 직종이라 할지라도 병원마다 부서마다 시스템과 운영 방식이 다릅니다.

한 개인의 경험으로 간호사라는 직업에 대해 일반화하기에는 어려움이 있습니다.

신규간호사 한달

신규간호사 두달

■12 ■5 ■3 ■10

SUN	MON	TUE	WED	THU	FRI	SAT
					1 off	2 D ●격리방에서 생긴 일
3 D ●주사침자상	4 off	5 off	6 off	7 E ●간호부장님 면담	8 E	9 N
10 N ●응급실의 밤 : 나이트때 생긴 일	11 N	12 off ●보상심리	13 off	14 D	15 D ●교육 아직막날	16 off
17 off	18 D12 ●깍두기 간호사	19 D12 ●오늘의 실수	20 D12 ●사건보고서 손날	21 D12	22 off ●동기들이랑 롯데월드	23 E ●전독립 ●독립을 대하는 태도
24 E	25 E	26 off ●두달수습끝! 나에게 주는선물	27 D	28 D	29 D	30 D

신규간호사
한달

추가 입사자로 선정되셨습니다

땡동. '9월 추가 입사자로 선정되셨습니다'. 병원은 졸업예정자인 간호사를 먼저 뽑아놓고 인력 충원이 필요하면 시기에 따라 순차적으로 신규 간호사를 투입시킨다. 매년 새 학기가 돌아오는 것처럼 신규 간호사는 3월부터 순서대로 입사를 진행한다. 이후 병원에 합격한 간호사는 다음 순서가 언제 올지 모른 채 웨이팅이라는 기간을 가지게 된다. 간호사 국가고시 합격 이후 6개월 만에 받은 연락이었다.

처음 간호사 면허증을 받았을 때는 여태껏 한 번의 쉼 없이 달려왔으니 '웨이팅이 조금 길었으면 좋겠어. 나도 잠시 쉬고 싶어'라는 생각이 들었지만 잠시였다. 매 시험기간 새벽까지 쏟아지는 졸음을 참아가며 밤새워 공부하고, 다리 퉁퉁 부어가며 같이 실습하던 동기들이 먼저 병원에 입사하기 시작했다. 각자 본인의 위치에서 적응해 나가고 있는 모습을 볼 때면 나만 조금 늦은 게 아닐까 하는 괜한 조바심이 들기도 했다. 조바심은 나의 걱정과 기대를 증폭시켰다.

임상에 먼저 들어간 친구들의 이야기를 들으며 '말로만 듣던 무시무시한 임상에서 나도 잘 버틸 수 있을까?'라는 걱정과 길었던 웨이팅 탓에 하루빨리 직장에 들어가 새로운 인간관계를 맺고 전문직으로서 발전하고 싶은 나의 기대감은 서로 뒤얽힌 채 공존했다.

평소와 다름없는 아침. 침대에서 눈을 떠 물 한잔 마시고 따뜻한 햇살을 맞으며 동네 한 바퀴 산책을 나섰다. 주머니 속 핸드폰에서 진동음이 울렸다. '9월 추가 입사자로 선정되셨습니다'. 웨이팅 끝에 드디어 나에게도 입사라는 디데이가 생긴 것이다. **2021년 9월 1일**. 내 눈길이 가장 많이 닿는 곳에 큼지막하게 디데이를 설정했다.

입사 준비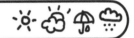

    합격만 하면 다 끝이라는 말은 거짓말이다. 문자를 받고 일렁이는 마음을 잠시 뒤로한 채 입사 준비에 여념이 없었다. 채용공고가 나서 자기소개서를 쓰고 서류를 제출하고 면접을 보는 과정만큼이나 입사 전에도 준비해야 할 것이 산더미 같았다.

● 대한간호협회 회원 승인

● 병원 간호사회 회원 등록

● 성적 증명서 / 졸업 증명서

● 주민등록초본

● 간호사면허증 / 신분증 사본

● 지원서 증빙자료 (자격증)

● 코로나 검사 (입사일 기준 3일 이내 음성 결과)

웨이팅 기간 동안 충분히 쉬었다는 생각이 들어서 그런지
아직까지 걱정보다 설렘이 더 크다.

출근을 하루 앞둔 침대에 누워 속으로 간절히 빌었다.

입사하고 좋은 동기 만나게 해주세요
좋은 프리셉터 만나게 해주세요
임상에서 잘 버티게 해주세요

BUCKETLIST

○ 사원증 받기

○ 동기들이랑 같이 이미지사진 찍기

○ IV 정맥주사 성공하기

○ 프리셉터 선생님께 편지&선물드리기

○ 신규간호사 독립하기

○ 신규간호사 물품 구매하기

○ 3,6,9개월 버티고 1년 채우기

○ 병원 선생님들께 베이킹해서 선물드리기

○ 같이 근무하는 선생님들 성함외우기

○ 3 off 받아서 국내여행 가기

O 첫 월급 받아서 가족식사 대접하기

O 내 카메라 사기

O 신규노트 한 권 채우기

O 악기 배우기 : 베이스 기타

O 재테크 공부하기 : 2년 적금 만기 & 청약

O 마이듀티 : 듀티표 나오면 동기랑 비교해 보기

O 하루에 감사한 일 한 가지씩 생각하기

O 운동 배우기 : PT or 필라테스

O 월급 받으면 책 한 권씩 사기

O 비 오는 날 자아성찰하지 않기

첫 출근. 어느덧 무더웠던 여름이 한 풀 꺾이고 비가 내려 날이 제법 쌀쌀해졌다. 아침 7시까지 출근인데 혹여 늦잠이나 잘까 걱정되어 알람을 5개나 맞췄다. 새벽 5시. 5시 30분. 6시. 6시 15분. 6시 30분. 아침부터 울려대는 오리 알람 소리에 몽롱하게 잠에서 깼다. 와 드디어 나도 첫 출근이구나!

간호화, 제출서류, 필통, 수첩 등 필요한 물품을 챙겼더니 가방이 한 아름 가득해졌다. 가는 날이 장날이라더니 웬걸 첫 출근 전날 밤부터 계속해서 폭우가 쏟아졌다. 세차게 쏟아지는 빗줄기를 뚫고 겨우 병원 도착하니 바짓가랑이가 몽땅 젖어버렸다.

병원 벽에 붙은 신규 간호사 OT 표시판을 따라가 큰 대강당으로 안내받았다. 강당 안과 밖에는 새로운 인력을 맞을 준비에 분주했다. 들어가자마자 입사를 축하하는 문구가 대문짝만 하게 걸려있고, 각자의 이름과 부서가 적힌 의자가 길게 줄지어 있었다. 내 이름을 찾아 의자 제일 맨 끝자리에 도착했다. 의자 위에는 주름하나 없이 빳빳하게 접혀있는 새 유니폼과 사원증이 놓여있었다. 그리고 처음 알게 된 나의 배치부서. 응급실. 어느 부서에 들어가더라도 열심을 다짐했던 나지만 세 글자를 눈으로 확인한 순간 기쁨을 감출 수 없었다.

오전에는 입사 준비서류를 작성하고 제출하는데 시간이 모두 지나갔다. 최종 합격 확인서, 인증서 신청서, 의무 기록 이용을 위한 비밀 보장 및 서약서, 근로계약서 등을 제출하고 병원 전산 프로그램에 접근할 수 있는 인증서를 발급받았다.

오후에는 근무복을 입고 각자 부서로 흩어졌다. 새로운 부서에서 같이 일하게 될 사람들을 만날 생각에 발걸음에 긴장이 서려있었다. 처음 입어본 헐렁헐렁한 근무복에 한가득 짐을 들고 뒤꽁무니만 쫄쫄 따라다니는 나는 누가 봐도 병원에 처음 온 신규 간호사의 행색이었다. 한창 코로나로 감염에 대한 규제가 심한 시기로 응급실은 출입 통제구역이었고 안내해 주시는 선생님의 인솔하에 응급의료센터 내부로 들어가게 되었다.

9.1 처음 만난 응급실

　처음 둘러본 응급실은 한눈에 들어오지 않을 만큼 넓었다. 들것에 실려 들어오는 환자들과 진료를 서두르는 의료진들. 중증도에 따라 나뉘어 있는 구역과 침대. 검사실과 각종 의료 기구. 물밀듯 밀려오는 환자들과 의료진을 보며 겨우 복장으로 그들의 역할을 어리 짐작할 수 있었다. 파트장님은 나를 뒤에 데리고 환자가 처음 들어와서 분류되는 트리아제 구역에서부터 혈액검사와 영상 검사 후 자리를 배정받는 과정까지 진료의 흐름에 대해 하나씩 설명해 주셨다. 나의 눈은 쉴 새 없이 새로운 정보를 담으려 요리조리 굴러갔다. 그렇게 응급실을 한 바퀴 둘러보고 간호사실에 앉았다. 처음 와서 어쩔 줄 모르는 머쓱한 공간 속에 앉아 다음 안내만을 기다렸다. 병원 분위기에 압도되어 모든 움직임이 부자연스럽게 느껴졌다. 그때 근무 중이셨던 선생님이 D level의 하얀 보호장구를 입고 간호사실로 들어오셨다. 식사 때를 놓쳐 간호사실에서 간단히 끼니를 해결하기 위해 오신 듯싶었다. 서로 마주 앉아있은 지 오랜 시간이 지났을까 나는 긴 침묵을 깼다. 떨리는 마음으로 내 사원증을 들이밀며 선생님께 '안녕하세요. 새로 들어온 신규 간호사 박소정입니다'하고 인사드렸다. 선생님은 잔뜩 긴장한 내 모습을 보며 인사를 받아주시고 사원증을 꺼내 본인의 이름을 알려주셨다. 병원에 입사해서 가장 좋아하게 된 선생님과의 첫 만남이었다.

(*D level : 선별 진료소에서 흔히 보던 호흡기계 보호장구로 흰색 방호복에 마스크, 고글 또는 페이스, 실드, 덧신을 착용한다.)

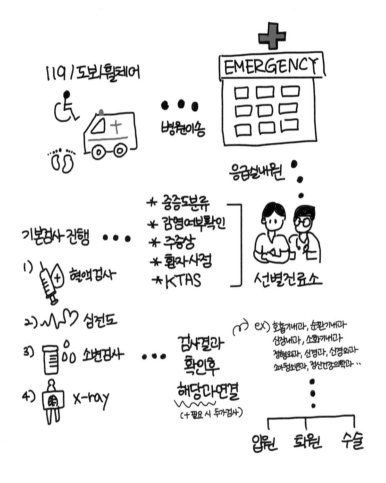

119 / 도보 / 휠체어

병원이송

EMERGENCY

응급실내원

기본검사 진행 ...

* 중증도분류
* 감염여부확인
* 주증상
* 환자사정
* KTAS

선별진료소

1) 혈액검사

2) 심전도

3) 소변검사 ...

4) x-ray

검사결과
확인후
해당과연결
(+필요 시 추가검사)

ex) 호흡기내과, 순환기내과
신경내과, 소화기내과
정형외과, 신경과, 신경외과
소아청소년과, 정신건강의학과 ..

입원   퇴원   수술

9.1 파트장님의 조언

파트장님은 앞으로의 **'신규 생활에 대한 몇 가지 조언'**을 남겨주셨다.

첫째, 응급실은 최전방에서 환자를 맞이하는 전쟁터 같은 곳이다.

둘째, 신규 간호사일수록 처음에 습관을 잘 들여야 한다.
　　　정확한 환자 확인. 손 소독. 감염에 대해 신경 쓸 것.

셋째, 가장 사건, 사고가 많이 발생하는 건
　　　일이 익숙해지기 시작하는 6개월에서 1년 사이의 기간이다.

넷째, 응급실에 내원한 환자에게 경청, 공감하기.

다섯째, 멀리 보지 말고 일단 하루하루 버티기.

여섯째, 혹여나 선임들이 나쁜 말을 하면 자책하지 말고,
　　　　나는 나중에 저렇게 되지 않아야지라고 생각하기.

일곱째, 응급의료'팀'으로 이루어지는 만큼
　　　　한 명의 역할이 빠지면 빈자리가 크니 근태관리 잘하기.

9.2 처음 만난 동기들

　업무에 투입되기 전에 입사자 전체 교육이 있는 날이다. 나보다 먼저 입사한 동기들과 함께 대강당으로 향했다. 같은 달에 입사한 달 동기가 없어서 아쉬운 마음이 컸는데 같이 교육도 듣고, 밥도 먹고, 동기 단톡방과 마이듀티에도 초대되고, 별거 아닌 이야기를 나눠도 동기라는 울타리는 너무 든든했다. 입사 후 처음 갖게 된 소속감이다. 처음 만났지만 같은 처지와 상황이라는 이유만으로 우리가 친해질 명목은 충분했다.

　교육이 끝난 후 동기는 갈 곳이 있다며 나의 손을 이끌었다. 영문도 모르고 따라나선 길에서 나는 뜻밖에 사실을 알게 되었다. 파트장님이 혼자 부서에 들어온 나와 동기들에게 친목 도모를 위해 기프티콘을 주신 것이다. 이야기를 전해 듣고 감탄을 금치 못했다. 생각지도 못했던 섬세한 배려 덕분에 병원 근처 카페에서 첫 번째 동기모임이 시작되었다. 주문을 하고 의자에 둘러앉아 나보다 먼저 들어온 동기들에게 부서에 관한 이야기와 앞으로 내가 배워야 할 것들에 대해 귀를 기울였다. 지금의 나에겐 '한 달' 차이도 땅과 하늘처럼 크게 느껴졌다. 아직 이 세계에 아무런 경험도 지식도 없는 나는 나보다 먼저 병원에 들어와 근무하는 모든 사람이 대단해 보이고, 그에 비해 나는 너무나 작디작은 존재가 된 것 같다.

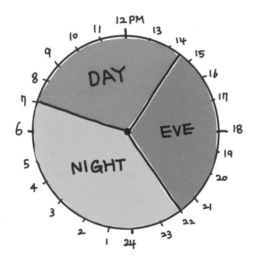

D (데이) 06:30 – 15:00

E (이브닝) 14:30 – 22:00

N (나이트) 21:30 – 07:00

기본적인 오리엔테이션과 전체 교육이 끝나고 본격적으로 삼교대에 들어갔다. 파트장님은 나에게 한 달 치 근무표를 건네주셨다. 간호사는 하루를 세타임으로 나눠서 데이, 이브닝, 나이트 교대 근무를 한다. 병원마다 근무 시간에는 차이가 있지만 매일 달라지는 스케줄에 맞춰 출퇴근을 해야 한다.

여태껏 살아왔던 삶의 형태와는 완전히 다른 생활패턴이다. 학생 때 실습을 위해 데이와 이브닝 근무는 해봤지만 나이트는 해본 적이 없다. 간접경험해 본 나이트라곤 시험공부를 위해 도서관에서 뜬눈으로 밤을 꼴딱 새본 것뿐이었는데. 그마저도 시험이 끝나면 면역력이 떨어지는 기분으로 하루를 온전히 자야 피로가 풀리곤 했다. 사람들이 잘 때 일하고 일할 때 자는 나이트 근무는 어떨까. 당분간은 삼교대에 몸이 적응할 때까지 긴장 상태가 유지될 것 같다.

응급실 간호사로서 하는 업무는 공통되어 있지만 근무마다 해야 하는 업무와 시간이 조금씩 다르기 때문에 배워야 할 게 세배 더 늘어난 셈이다. 그리고 업무특성상 교대근무에는 항상 인계가 따라온다. 업무 시작 전에는 전체인계로 업무가 끝난 뒤에는 다음 근무 간호사에게 담당 구역 환자인계로 실질적으로 간호사에게 오버타임은 떼려야 뗄 수 없는 관계일지도 모르겠다.

잘할 수 있는 것부터

　병원 입구에 길게 늘어선 줄을 보며 처음으로 임직원 출입구로 따로 들어왔다. 놀이동산 프리 패스권 사용한 것처럼 긴 줄을 지나쳐 교직원 출입구로 병원으로 들어가는 사소한 일에도 신기하고 들떠있었다. 이른 시간이지만 아침의 병원은 활기차다. 아침 일찍 진료받으러 온 환자들. 마주치면 인사하는 임직원선생님들. 환자를 돌보기 위해 옆을 지키는 보호자들. 같은 장소지만 각자의 상황이 모여 병원을 이룬다.

　아직 병원 지리가 익숙지 않아 혼자 다니다 간 길 잃어버리기 십상이다. 탈의실에서 근무복을 갈아입고 선임 선생님과 같이 응급실로 향했다. 가자마자 제일 먼저 하는 것은 인사이다. 입사한 지 얼마 안 된 내가 제일 잘할 수 있는 거라곤 오로지 **인사**뿐이었다. 모든 구역을 돌며 누구든 보이면 '안녕하십니까'하고 인사했다. 아직 선생님들의 얼굴과 이름을 몰라 두 번 세 번 인사하다가 '아까 나한테 인사했잖아'하는 낯부끄러운 상황도 생겨났다. 교대마다 근무자가 계속 달라질 뿐만 아니라 같이 일하는 사람이 거뜬히 육십 명이 넘어 선생님들의 얼굴과 이름을 외우는데 안면인식장애가 생길 것 같았다. 더군다나 코로나로 인해 마스크를 쓰고 가운을 입고 일하니 모두 비슷한 차림을 하고 있어 더욱 구별하기가 어려웠다. 결국 시간이 해결해 주겠지만 빨리 선생님들의 성함을 외워야겠다.

인사다음으로 잘할 수 있는 두 번째 활력징후 측정이다. 임상에서 흔히 바이탈 사인 vital sign이라고 불리는 것은 환자의 상태(혈압, 맥박, 호흡, 체온)를 평가하는 가장 기본적이고 중요한 지표이다. 간호학과에서 배우는 핵심 술기 중 하나로 수동 혈압계로 처음 혈압을 측정할 때는 기타 F코드 잡는 것처럼 수축기와 이완기 혈압 찾기가 쉽지 않았다. 하지만 실습 기간 동안 바이탈 머신으로 단련된 실력이 어디 가지 않았다. 라운딩을 돌고 체류시간에 따라 환자의 바이탈을 측정했는데 굳이 떠올리지 않아도 반복했던 행동은 몸이 기억하고 있었다. 다만 한 가지 달랐던 점이 있다면 응급실은 정상범위의 의미가 무색했다. 수축기 혈압이 낮게는 40에서 높게는 300까지 치솟기도 하고, 맥박이 0이 되거나 200까지 올라가기도 하고, 체온이 40도가 넘기도 했다. 내가 눈으로 보는 수치가 정말 정확한가 하고 측정한 나조차 의심되어 몇 차례 반복하여 측정하기도 했다. 우리가 하는 일은 환자의 활력징후를 주기적으로 f/u 하며 정상범위로 되돌리기 위한 노력이었다. 몇 십 명의 환자의 활력징후를 재는 것 분명 시간과 노력이 많이 들어가지만 그만큼 기본이 가장 중요하다는 것을 깨닫는다.

(*f/u : follow up의 약자로 환자의 상태를 추적관찰하는 것을 의미)

[활력징후 정상범위]

혈압(Blood Presssure) 120-80mmHg

맥박(Heart rate, Pulse) 60-100회/분

호흡(Respiratory rate) 12-20회/분

체온(Body temperature) 36.5-37.5℃

앞으로 총 7주, 240시간 동안 프리셉터 선생님과 함께 응급실의 업무에 대해 배우게 된다. 병원에서는 처음 들어온 신규 간호사의 업무 파악과 적응을 위해 선생님을 붙여준다. 가르쳐 주는 선생님을 [프리셉터] 가르침 받는 신규 간호사를 [프리셉티]라고 부르며 짝지어 주는데 이를 부모-자식 관계에 빗대어 선생님을 엄마 또는 아빠라고 부르기도 한다.

응급실은 한국형 응급환자 분류도구인 K-TAS에 따라 환자의 중증도를 분류한다. 오늘은 즉각적인 처치가 필요한 중증 구역에서 프리셉터 선생님과 함께 인계를 듣고 라운딩을 돌았다. (*라운딩 :인계 전후 환자의 상태를 살피는 것)

인계를 들으면서 환자의 주 증상과 추정 진단을 토대로 근무하는 듀티에 배정받은 환자에게 앞으로 계획된 치료 방향(입원, 수술, 퇴원 등)에 따라 필요한 간호와 해당 환자의 검사 및 투약 스테줄 등 살펴야 할 게 한두 가지가 아니었다.

① 환자 의식 상태 확인

② **주 증상에 대한 간호 사정** : 통증, V/S, Mental 등 임상지표

③ 수액이 적정한 속도로 들어가고 있는지, **정맥주사(IV) 부위 붓거나 발적은 없는지**, 드레싱이 잘 되어있는지 날짜, 시간, 주삿바늘의 굵기 (ex. 9/3 15PM 18G)가 잘 적혀있는지 확인

④ 환자가 **삽관하고 있는 기구**(ex. 소변줄, 콧줄, 배액관, 산소, 호흡 보조 기구, 중심정맥관 등)가 있다면 크기와 종류는 어떤 것인지, 꼬이 거나 막힌 부분은 없는지, 환자에게 적용된 모드와 유량이 적절한지에 대해 확인

⑤ **욕창 및 낙상 위험성 파악**

당연히 신규인 나는 이러한 모든 정보가 한눈에 들어오지 않았다. 내가 학교에서 배운 내용은 수박 겉핥기에 불과했다. 프리셉터 선생님은 업무를 파악하는데 가장 기본적인 부분부터 나에게 설명해 주셨다. 전산을 사용하는 방법. 처치실과 CPR room 등 물품 위치. 처음 내원한 환자 사정 방법, 응급실에서 처치가 이루어지는 진행의 흐름과 환자에게 간호가 적용되는 방법에 대해 알려주셨다. 과부하 될까 봐 정말 일부분만 알려주신 건데도 정보의 쓰나미에 휩쓸려 다녔다. 대혼란의 첫 데이 근무를 끝내고 프리셉터 선생님께서 '임상화학검사해석'에 관한 책을 나에게 빌려주셨다. 나도 전날 준비했던 조그마한 간식과 함께 쪽지를 전달해 드렸다. 첫 직장에서 배울 점이 많은 선임 선생님을 만난 건 진짜 나에게 엄청난 축복임에 감사하며 **'열심히 배우겠습니다! 앞으로 잘 부탁드립니다!'**

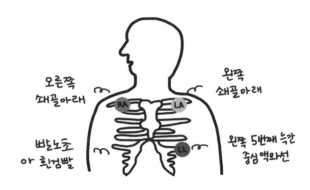

오른쪽
쇄골아래

왼쪽
쇄골아래

RA   LA

빨노초
아 흰검빨

LL

왼쪽 5번째 늑간
중심 액와선

10분 뒤 심정지 환자가 심폐소생술 구역으로 들어온다는 소식을 듣고 부리나케 보호장구를 착용했다. 한창 코로나가 유행인 시점이었고 의료진은 환자의 코로나 감염 여부를 알 수 없기 때문에 항상 D level 보호장구를 착용하고 환자 받을 준비에 서둘렀다. 곧이어 119 구급차에서 스트레쳐카에 실려있는 환자를 심폐소생술 구역으로 옮겼다. 도착 즉시 환자의 심전도(EKG) 리듬을 확인하기 위해 제세동기와 연결된 리드를 붙였다. 제세동기는 누구보다 크게 알람을 울리며 환자의 상태를 알렸다. PEA(무맥성 심실빈맥) 맥박은 없지만 심장의 전기 활동은 남아있는 상태. 심전도 리듬 확인과 동시에 의료진은 심장압박을 시작하고, 수액과 약물을 주입할 정맥을 확보했다. 반대쪽에서는 고용량의 산소를 주입하며 기도삽관을 위한 준비를 서둘렀다.

나는 아직 교육 기간이라 선생님들이 하시는 일을 옆에서 지켜보기만 했는데도 처음 지켜보는 광경에 혼이 쏙 빠졌다. 보호장구를 착용하고 있어서 선생님들의 처치를 보려고 해도 숨을 쉬면 고글에 안개가 서렸다. 누구보다 민첩하게 행동해야 하는데 장갑 한두 겹 겹쳐 끼고 있으니 마음만큼 속도가 나지 않았다. 그렇게 심전도가 정상으로 돌아왔다가 멈췄다를 몇 번 반복한 끝에 겨우 환자의 혈압과 맥박이 측정되었다. 상황이 끝나고 시계를 보니 벌써 한 시간이 훌쩍 넘어 있었다. 심폐소생술 구역을 나오면서 보호장구를 벗으니 안에 입고 있던 근무복이 땀으로 젖어버렸다. 긴박한 상황 속에서 각자 맡은 일을 척척하시는 걸 선생님들을 보면서 대단하다 싶다가도 내가 저걸 할 수 있을까 하는 생각이 교차했다. 오랜 시간 동안 긴장한 채로 서있었더니 체내의 모든 수분이 날아가 사막에서 햇볕을 쬐는 것 마냥 목이 바짝바짝 말랐다. 다시 처치실로 돌아와 밀린 일을 마무리하고 유일하게 점심시간이 돼서야 물을 두세 잔 연거푸 마시며 갈증을 해소할 수 있었다.

**CPR(cardiopulmonary resuscitation)
: 심정지, 호흡곤란, 의식불명 등의 환자에게 심장과 폐에 압박을 주어 혈류와 호흡을 순환시키는 것으로 심폐소생술의 줄임말이다.

막내의 특권

이제 교육 시작한 지 얼마 안 됐지만 독립하기 전까지 누릴 수 있는 특권이 있다. 정해진 시간에 식사를 하는 직장인과는 다르게 간호사는 각자 맡은 구역과 환자가 있기 때문에 교대로 식사를 다녀온다. 밥 먹을 시간이 다가오면 '오늘 막내 누구야? 식당 다녀와'라고 하며 제일 먼저 식사를 보내주신다. 한 번은 같이 간 선생님이 '맛있게 먹어'라는 말과 함께 물을 떠다 주셨는데 작은 행동 하나하나에도 모든 게 감사한 신규 간호사였다.

이외에도 '궁금한 거 있으면 물어봐'라며 무제한 질문권을 주신다든지, 몰랐던 부분부터 차근차근 설명해 주시는데 지금만 누릴 수 있는 기회라는 생각이 든다. 프리셉터로서 배우는 입장이라는 기간 안에서 조금은 보호받는 느낌이 들었다.

9.4 첫 오프   OFF

오늘은 출근 이후 처음으로 받은 오프 날이다. 아직 출근한 지 얼마 되지 않아 적응하느라 항상 긴장상태 속에 있었더니 체력이 달린다. 피곤한데 잠은 안 오는 각성 상태가 한동안 계속되다가 어제는 맘 편히 일어날 수 있다는 생각에 세포 하나하나에 긴장이 풀리는 느낌이다. 항상 긴장상태에 있다 보니 쉬는 날에는 단순무식한 아무 생각 하지 않고 할 수 있는 일들이 좋다. 예를 들면 블록 맞추기 같은 핸드폰 게임이라든지 책 읽기 같은 일들 말이다. 오전에는 꿀 같은 휴식을 취하고 오후에는 가방에 공부할 책들을 한가득 넣어 스터디 카페에 갔다. 전날 프리셉터 선생님이 설명해 주셨던 말을 마구 휘갈겨 쓴 노트를 보면서 내 신규 노트에 빼곡히 정리해 놓는다. 겨우 하루치 분량만 정리해도 벌써 여섯 장을 훌쩍 넘겼다.

응급실에서 신규 간호사로 들어가서 가장 어려운 부분은 두 가지였다.

첫 번째, 약물 공부. 응급실은 다양한 질환 군의 환자들이 오기 때문에 그에 맞게 여러 종류의 약들이 비치되어 있다. 진통제, 항응고제, 지혈제, 호흡기 치료제, 응급 약물, 마약 약물, 냉장 약물 등 종류만 따지만 백여 가지가 넘는 약물이 있다. 따라서 환자의 주 증상에 따라 필요한 약물 이름 l 성분명 l 코드명 l 용량 l 작용과 부작용뿐만 아니라 적응증 l 투여방법을 알아야 한다. 약물을 모두 외워도 대상자에게 투여된 약물을 어떻게 쉽게 설명해드려야 할지는 또 다른 문제였다. 외울 건 수백 가지인데 뇌용량은 턱없이 부족하다.

두 번째, 응급상황. 당장 응급상황이 왔을 때 내가 어느 포지션을 맡아야 하는지 역할과 위치를 찾아가는 게 너무 어렵다. 응급실이라면 어느 곳에서나 예측할 수 없는 상황이 일어나기 때문에 빠르게 응급조치를 해야 하는데 아직 내가 할 수 있는 거라곤 '이거 갖다 줘'하면 빨리 찾아서 가져다 드리는 일이 전부다. 그마저도 선생님들께 물어물어 겨우 건네드린다. 하루빨리 물품 위치부터 모두 익혀야겠다.

결국 모든 일은 반복의 반복이다. 계속 반복하다 보면 언젠가 이 약물도 내 눈에 들어오고, 업무에서 내가 할 일을 찾아갈 수 있겠지?
토요일이지만 휴일 같지 않은 나의 첫 오프였다.

9.5 핵심술기 : 정맥주사 IV

　응급실은 수술/시술, 검사, 수혈 등 모든 경우의 수를 대비해서 가장 굵은 바늘로 주사를 잡는다. 보통 응급실에서 사용하는 Angio 주사기는 18-20G(게이지)가 일반적이다. 24G는 응급실에서는 잘 사용하지 않지만 예외적으로 소아환자나 정말 혈관확보가 어려운 노인분들의 채혈을 위해 사용한다. (*주사기의 숫자가 낮을수록 두껍고, 높을수록 얇음)

　프리셉터 선생님이 환자분께 라인 잡는 걸 설명해주시고 있었는데 성격이 급하신 환자분이 "빨리 놓지 뭐해요? 옆에는 간호실습생 따라다니는 거예요?"라며 다그치셨다. 물론 아직은 선생님들처럼 일하진 못하지만 어엿한 간호사인데 빨리 배워서 뭐라도 해야지라는 마음과 속상한 마음이 뒤엉켰다. 보호자분들 입장에서는 배우는 나를 보고 당연히 그렇게 느끼실 수 있겠지만 속상한 마음은 어쩔 수 없었다. 많이 해보면서 터득해 나가는 수밖에.

　정맥주사를 실제로 해본 거라곤 간호학생 때 동기들끼리 서로 팔을 대주며 연습해 본 게 전부였다. 선생님들이 준비하시는 과정은 많이 봤는데 내가 환자와 대면하여 혈관을 찾으려니 처음엔 쉽게 보이지 않았다. 더군다나 주사기는 두껍고 긴데 피부가 너무 얇거나 꼬불꼬불한 어르신들의 혈관은 난이도가 올라갔다. 아마 환자만큼이나 맘속으로 간절하게 '제발 아프지 않게 한 번에 성공해라'를 속으로 외치고 있는 건 간호사일지도 모른다.

주사 이야기

① 수액 맞는 카테터 안에는 바늘이 들어가 있지 않다. 주사를 놓는 과정에서 니들은 제거되고 얇은 플라스틱으로 된 형태의 관(젤코)을 통해 수액 및 약물을 투여한다. 굴곡되는 부위에 주사를 잡은 경우 팔을 구부리는 것에는 지장이 없으나 젤코가 꺾여 수액이 잘 들어가지 않을 수 있다.

② 채혈이나 수액을 맞은 후 니들을 제거하면 피가 바로 멎지 않는다. 문지르면 피하층으로 혈액이 새어나와 멍이 들 수 있으니 5분간 꾹 눌러 지혈해야 한다. 아스피린같은 항응고제 복용 시 지혈에 더 주의해야 한다.

③ '다른 혈관이에요'하면서 혈액검사를 두 번 진행하는 경우가 있다. 혈관은 크게 정맥과 동맥으로 나뉘기 때문이다. 일반적으로 혈액검사를 하거나 수액을 놓는 혈관은 정맥이다. 정맥은 체내에서 사용한 혈액을 심장으로 다시 회수하는 역할을 하고, 동맥은 심장에서 산소와 영양을 공급해 주는 혈액이다. 따라서 치료과정에 정확한 산염기, 체내 산소수치 확인을 위해서 필요시 추가로 동맥혈가스검사 ABGA를 진행한다.

④ 수액을 맞다 보면 수액라인으로 혈액이 역류되기도 한다. 이는 압력차이로 인해 발생하는 자연스러운 현상이다. 수액이 다 들어간 경우, 수액라인이 꼬여있을 경우, 수액이 주사부위보다 낮은 위치에 있을 경우, 혈압이 높을 경우에 이러한 현상이 발생한다.

전날 데이 근무로 오후 3시에 퇴근하고 다음날 저녁 9시 나이트 출근까지 비교적 시간적 여유가 많았다. 덕분에 아침에 엄마가 차려준 집밥을 먹었다. 직장인들이 사회생활을 하면 왜 모두들 그렇게 집밥을 외치고 그리워하는지 이제야 체감할 수 있었다. 무언갈 챙겨 먹기도 귀찮은데 따뜻한 집밥을 먹으면 없던 면역력도 보충되는 기분이다.

물품 카운트 및 막내 일을 하기 위해 한 시간 전에 병원에 도착했다. 막내가 출근하면 물품 가운트부디 비었다. CPR룸에 있는 응급카트에 물품을 채우고, 제세동기를 확인하고, 마약장 안에 있는 약물과 의료용품의 개수를 확인했다. 마지막으로는 컴퓨터 앞자리로 와서 인계장을 미리 뽑아놓는 것까지가 출근 업무의 마무리였다.

낮과 밤 구분 없이 병원을 지키는 의료진이 있는 것처럼 병원에 있는 컴퓨터도 전등도 기계도 365일 24시간 꺼지지 않는다. 이 말은 즉슨 나이트에도 항상 입원, 수술, 시술뿐만 아니라 새벽에 오는 환자분들에 대한 처치가 계속 이루어진다는 것이다. 나이트 때는 무슨 일을 할까? 체류 환자의 처방을 정리하고, 신규 환자를 받고, 오늘 하루 동안 쓰인 비강캐뉼라, 산소마스크, 석션통 등 비워진 물품을 다시 채웠다. 하루 동안 이리 치이고 저리 치인 처치카와 트레이 등 사용한 물품을 깨끗이 닦고 정리했다. 환자에 대한 직접적인 처치만큼이나 청결한 환경 또한 중요했다.

동틀무렵인 새벽 다섯 시가 되면 정규 피검사와 영상검사, 환자의 바이탈측정과 혈당검사를 진행했다. 눈에 보이지 않아서 몰랐던 나이트에도 데이, 이브닝근무만큼이나 해야 할 일이 빼곡했다.

새벽 3시쯤 돌아가면서 간단히 야식을 먹었다. 간호사실에는 컵라면과 간식이 잔뜩 쌓여있었다. 짧은 시간이지만 앉아서 컵라면 먹고 물 마시는 것도 정말 행복했다. 이때까진 나이트가 스테이블한 줄 알았다. 아니 스테이블 했다.

(*stable 스테이블하다 : 환자의 상태가 악화되거나 응급상황이 없는 안정된 상태)

나이트 업무가 막바지에 다다른 시점. 두 시간만 더 버티면 되는데 환자의 소변량이 줄면서 바이탈이 점차 불안정해지기 시작했다. 산소포화도도 점점 떨어졌다. 정상범위는 95-100% 여야 하는 것이 80%에서 60%, 40%까지 떨어지고 맥박 소실되어 병원 내 코드블루 방송이 울려 퍼졌다. 전혀 예상치 못한 순간에 CPR이 터지니 등줄기에서 식은 땀이 흘렀다. 병원에서 코드블루 방송이 울리면 응급실의 의사, 간호사는 물론이거니와 환자를 담당하는 해당 과의 당직의사와 인턴이 모두 응급실에 모인다. 죽음에 가까워질수록 의료진이 환자 주위에 빨리 또 많이 모인다는 사실은 분명했다. 보호자에게 상황을 설명하고 기도삽관 동의서를 받았다. 입속으로 기다란 관을 꽂아 인공호흡기와 연결했다. 가슴압박을 시행하면서 심근수축을 돕는 에피네프린을 3분마다 투여했다. 가뜩이나 정신없는 상황에서 신규 간호사인 나는 얼음 상태가 되었다. 상황 대처가 미숙한 게 너무 느껴지는데 선생님들은 너무 침착하게 하나씩 처리하신다. 이게 바로 경력과 연륜의 차이인가. 항상 일어나지만 언제 봐도 적응되지 않는다. 데이인계 직전까지 겨우 상황이 정리되어 나이트를 마무리했다. 나이트 하나도 무사히 지나갔다.

| 오늘의 교훈 |

다음번에 같은 상황이 오면 가슴압박할 때 필요한 back판이랑 발판 응급카트를 끌고 갈 것! 정신 똑 띠 차리자

코드블루	BLUE	심정지
코드레드	RED	화재
코드핑크	PINK	아동유괴
코드퍼플	PURPLE	폭탄위협
코드그린	GREEN	재난구호
코드오렌지	ORANGE	유해물질 살포

9.8 원오프 같은 투오프 OFF

월요일 아침 7시. 다른 사람들은 출근을 앞두며 바삐 버스를 올라타고 나는 퇴근을 위해 버스에 올라탔다. 나이트 근무를 할 때는 졸면 안 된다는 생각이 온몸을 지배한 각성 상태여서 그랬는지 잠이 오진 않았는데 집으로 가는 버스에 앉자마자 밀려왔던 모든 졸음이 쏟아졌다. 직감적으로 내려야 하는 정류장 직전에 눈이 떠졌다. 하지만 피곤에 휩싸여 당장 버스 좌석에서 일어나 내리는 출입문까지 몸을 일으키는 것조차 돌덩이처럼 무거웠다.

모든 병원은 원칙 상 나이트가 끝나는 다음날은 오프를 줘야 한다. 왜냐하면 아침에 나이트 근무를 마치면 그날이 오프첫날이기 때문에 하루는 잠만 자다 끝나기 때문이다. 투오프를 받았지만 사실상 하루는 침상절대안정(ABR: absoulte bed rest)을 하고 다음 날이 진짜 쉬는 날인 원오프가 된다.

한숨 자고 일어나 서점에서 책을 구경하다가 맘에 와닿는 글귀 하나를 발견했다. **"그러나 실은 일 자체가 흥미롭기보다는 일에 열중하고 있는 자기 자신이 기쁜 것이다"** – 니체의 말Ⅱ, 프리드리히 니체. 지금 나의 상태를 반영해 주는 글이다.

9.10 주말출근

간호사는 평일과 주말, 낮과 밤의 경계를 허문다. 달력은 그저 일하는 날과 아닌 날로 구분될 뿐이다. 눈감았다 뜨니 지나가버린 투오프를 뒤로하고 누구보다 빠르게 출근날이 돌아왔다. 데이 첫날에는 항상 잠을 설친다. 일찍 일어나야 된다는 압박감 때문인지, 출근 전 저녁 시간을 그냥 보내고 싶지 않은 욕심 때문인지 뒤척거리다가 자정이 넘어서야 겨우 잠에 들었다. 꿀잠은 바라지도 않으니 눈이라도 잠깐 붙이자라는 생각이었다. 가벼운 쪽잠을 자고 일어나 새벽 네시쯤 잠에서 깼다. 아침 일찍 일어나서 일하는 것이 힘들지만 개인적으로 삶의 전반적인 만족도는 높다. 새로운 사람들과 교류하고 새로운 것을 배우고 응급실에서 뛰어다니고 일하는 것이 나의 성향과 잘 맞았다. 환자 이야기 들어주고 문제 생기면 처리해 주고 새로운 정보와 스킬을 배워나가는 과정이 보람찼다.

일요일 출근인데 전혀 주말 같지 않았다. 주말을 체감할 수 있었던 건 사람이 적은 점심시간이나 외래가 없어 텅 빈 일층 로비 정도. 한주 동안은 선생님들이 하시는 업무를 옆저 observation 하면서 업무를 파악했다면 이제부터는 핵심술기를 하나씩 익히기 시작했다.

* 핵심술기란? 임상에서 필요한 기본간호술로 간호학과 교육과정으로 활력징후, 경구투약, 근육ㅣ피하ㅣ피내ㅣ정맥주사, 수혈, 간헐적 위관영양, 단순ㅣ유치도뇨, 배출관장, 수술 전ㅣ후 간호, 입원관리, 보호구 착용, 모니터 적용, 산소요법, 기관 내 흡인, 기관절개관 관리, 제세동기 사용이 포함된다.(20)

오늘은 항생제 반응검사 AST(after skin test)를 했다. 염증수치가 높은 환자에게 항생제를 투여하기 전에 알레르기 반응을 확인하는 검사로 피내에 희석된 약물을 소량 주입하여 15분 뒤 반응을 살피는 것이다. 모든 처음이 그렇듯 처음엔 감이 잡히지 않아 각도를 잘못 맞춰 약물이 밖으로 새어 나왔다. 간혹 가다 드물게 검사부위가 빨갛게 부어오르면서 양성반응이 나오시는 분들도 있었다. 이럴 경우에는 반대쪽에 생리식염수로 다시 반응검사를 하여 대조해 보고 알레르기 반응이 맞을 경우 항생제를 변경했다. 공부를 한다는 건 기본개념에 가지치기하듯 계속 새로운 정보를 더해가고, 내공이 쌓인다는 건 모든 경우의 수에 대처할 수 있는 능력이 생기는 것 같다.

버스 첫 차를 타고 가도 데이 출근 시작 시간에 늦어서 아침에는 주로 택시를 탄다. 오늘도 어김없이 택시를 불렀다. 새벽에 택시 기사님들은 라디오를 틀어주신다. 깜깜한 새벽 출근하는 택시 안에서 흘러나오는 노래와 라디오 소리는 피곤한 출근길에 조그만 행복이다. 택시 기사님들도 성격이 다 다르신데 오늘은 유쾌하신 기사님을 만났다. 목적지가 병원으로 찍혀있는 걸 보고 대화의 물꼬가 트였다.

'혹시 간호사세요?'
'네 맞아요'
'다니신 지는 얼마나 되셨어요?'
'이제 막 들어간 신규예요'
'좋은 병원 가셨네, 사학연금되니까 이십 년만 잘 버텨봐요!'

라고 말씀해 주셨는데 가노간호인생 이십 년이 가능할지 모르겠다.

여전히 배울 건 너무 많고 일은 너무 다양하다. 끝도 없어 언제 다 배울 수 있을까? 싶지만 일단 배운 거라도 까먹지나 말자라는 마음으로 숙지하려고 노력 중이다.

신규니까 나도 나지만 프리셉터 선생님도 기존에 맡은 일에 추가로 나까지 교육해야 돼서 일이 더 늘어난 셈이다. 교육기간에 따라 프리셉터 보고서도 제출하셔야 하고 따로 시간도 빼서 가르쳐 주시고 진짜 감사한 마음뿐이다. 내가 보답할 수 있는 건 빨리 열심히 배워서 두 달 후 혼자 바로 서는 거겠지? 고년차가 될수록 파트장이 될수록 높은 위치에 있을수록 직장 내 책임감이 무거워진다는 생각을 하게 된 하루였다.

신규-중간연차-고년차
그 자리가 어디든 모두 각자 고민이 있다는 것을
다시금 깨닫게 되었다.

9.12 수술방 입사동기　　　　　OFF

　병원 안에는 수없이 다양한 간호사가 존재한다. 응급실 간호사. 수술실 간호사. 중환자실 간호사. 병동 간호사. 보험관리 심사간호사. 감염관리팀 간호사. 외래간호사. 투석실 간호사. 주사실 간호사. 내시경실 간호사. 가정방문 간호사. 내과 간호사. 외과 간호사. 수간호사. 파트에 따라 세분화하면 호흡기 내과. 순환기 내과. 소화기 내과. 신장 내과. 종양 내과. 신경과. 신경외과. 정형외과. 정신건강의학과. 성형외과. 이비인후과. 피부과. 산부인과. 마취과 등 같은 간호사여도 담당부서에 따라 배우는 것과 업무 방식도 천차만별이다.

　오늘은 입사 첫날 옆 좌석에 앉아 알게 된 수술방 친구와 처음으로 병원 밖에서 만나기로 약속을 잡았다. 같은 부서는 아니지만 나의 유일한 입사 동기였다. 신규간호사로 배워나가는 과정에서 공통점도 있고 같은 병원일지라도 타 부서에서 근무하니 다른 세계에 사는 듯한 느낌이 들었다. 확실히 각 파트마다 배울 수 있는 부분과 장단점도 분명히 달랐다.

	☺	☹
ER (응급실)	▶오버타임, 인수인계 부담 ↓ ▶간호핵심술기의 꽃 ▶환자 순환이 빠름	▶환자수가 정해져있지않음 ▶폭력과 위협에 노출 ▶환자 및 보호자 컴플레인 多
OR (수술실)	▶상근직 근무 ▶수술 텀 사이 휴게시간 ▶환자, 보호자 대면시간 적음	▶파트별로 수술방을 돌기 때문에 한텀 돌려면 최소 3년소요 ▶집도의에 따라 수술방식 다름 ▶당직, on-call OP

ICU
(중환자실)
	▶간호사 1명당 배정받는
	  환자수가 적음 (1:3-4)
	▶VENT, CRRT, ECMO 등
	  전문적 기술 습득 가능
		▶업무강도와 중증도 높음
		▶환자 컨디션이 급변하기 때문에
		  응급상황이 자주 일어남

GW (병동)	▶루틴적 업무 ▶환자와 라포형성 가능 ▶비교적 중증도 낮음	▶간호사 1명당 배정환자 수 多 (1:10-20) ▶직접적 간호 외 신경쓸게 많음

9.13 신규간호사의 말

신규간호사가 많이 하는 말 TOP 3

'안녕하십니까'

'감사합니다'

'죄송합니다'

이 세 마디면 하루동안 모든 의사소통이 가능하다.

9.14 신규간호사의 넋두리

'하 고되다' 이것밖에는 표현할 수 있는 말이 없다. 물밀듯이 환자가 밀려들어올 때는 너무 바빠서 정신을 못 차리겠다. 처음 배울 때는 모든 게 새로우니까 모르는 것에 대한 부담이 적었는데 이제 어떻게 업무가 돌아가는지 조금은 알게 되니까 선생님들의 기대치도 조금은 올라간 게 느껴진다. 내가 할 수 있는 일과 새로운 일을 빨리 익혀야 한다는 두려움 사이에서 공존 중.

아직 배우는 단계라 보면 알겠는데 직접 해보면 막히는 부분도 있고 내가 무언가 해도 잘하고 있다는 확신이 안 서니 두렵고 이걸 깰 수 있는 방법은 공부하고 외우면서 하루빨리 내 것으로 만들어야 한다. 퇴근하고 돌아오는 버스 안에서 기절하듯 쓰러지는 삶. 일 다녀와서 한숨 자고 다시 공부하러 가는 삶의 무한 반복.

간호사 일 인분 역할을 하는 게 얼마나 어려운지 새삼 깨닫는다. 간호사로 서려면 적어도 십 년 이상은 근무해야 알 수 있다는데 파트장님께선 CPR에서 제 역할을 하려면 적어도 30번은 봐야 익숙해질 거라고 말씀하셨다. 그제야 내가 할 수 있는 일을 하나둘씩 늘려갈 수 있을 거라고. 간호사로 일 인분의 역할을 할 수 있는 날이 올까.

이상 힘든 신규간호사의 넋두리.

9.21 시계의 중요성

아침부터 해물찜이랑 밥 든든히 먹고 기분 좋은 마음으로 버스를 탔는데 뒤늦게 깨달았다. 시계를 두고 왔다는 것을. 시간마다 환자에게 스케줄에 맞춰 들어가는 약물을 확인할 때. 활력징후를 측정할 때. 맥박수를 측정할 때, 항생제 반응 검사 후 15분 뒤 결과를 확인할 때. 전산에 환자의 간호기록을 넣을 때. 환자가 갑자기 경련을 하거나, 토혈을하거나 다양한 이벤트가 생겼을 때도 모두 시간의 흐름에 맞게 상황을 파악해야 한다. 시계가 없으면 불편한 점이 이만저만이 아니다. 이런 나에게 오늘 하루 손목시계를 챙겨 오지 않은 일은 업무에 지장을주고 내가 해야 할 일을 제대로 처리하지 못할 거라는 걱정이 잇따르는 일이었다. 병원으로 향하는 버스 안에서 손목시계 파는 곳을 찾아봤지만 오늘은 추석당일이라 웬만한 곳은 다 휴무일이었다. 가는 버스에서 오만가지 경우의 수를 다 생각했다. 동기한테 시계를 빌릴까? 핸드폰 스톱워치를 사용해야 하나? 오랜 걱정 끝에 다행히 동기가 시계를빌려줘서 오늘 하루 그럭저럭 잘 버틸 수 있었다. 다음부터 집나올 때까먹지 말자!

데이 선생님들이 "오늘 일하다 도망가고 싶었어"라고 할 만큼 추석연휴시작부터 환자가 엄청 많았다. 시작도 안 했는데 무서운 이 기분.

추석은 외래도 없고 다른 병원도 열지 않으니 응급실에 환자가 몰릴 수밖에 없다. 더군다나 추석연휴가 길면 길수록 응급실의 환자는 몰린다. 음식을 먹고 체해서 온 사람, 오랜만에 만난 부모님의 편찮음을 치료하러 온 사람, 칼에 베이거나, 목에 걸리거나. 경증부터 중증까지 각각 자신의 사연을 들고 응급실에 내원했다. 정해져 있는 간호사 수와 정해지지 않은 환자 수로 인해 추석 연휴의 불만은 이만저만이 아니었다.

'대기시간이 너무 길다는 것'
'당장 몸을 누울 침대가 없다는 것'
'왜 입원실이 없냐는 것'
'옆 사람이 너무 시끄럽다는 것'
'자리가 너무 춥거나 덥다는 것'
'보호자는 왜 한 명만 상주할 수 있냐는 것'
'모든 치료를 받고도 도대체 해준 게 무엇이냐 되묻는 환자까지'

간호사의 몸은 하나지만 그들의 물음을 열댓 개로 돌아왔다. 빨리의 민족답게 모든 걸 빨리빨리 처리하고 싶어 하는 환자의 마음은 이해가 가지만 환자의 중증도를 우선순위로 운영되는 응급실에서 서로의 입장 차이가 생겼다. 이미 분노하며 언성을 높이시는 분들께 상황을 되차례 설명드려도 이미 상한 마음을 되돌릴 길은 없었다.

한바탕 기력을 쏟고 처치실로 돌아왔다. 계속 바쁘고 항진된 상태가 유지되다 보니 일을 하면서도 정신이 없었다. 와중에 앰플을 따다가 유리에 찔려서 장갑사이로 피가 퍼져 빨갛게 번졌다. 아플 걸 느낄 틈도 없이 서둘러 물로 흘려보내고 반창고를 감고 일하기 바빴다.

모든 일을 마치고 나에게 남은 건 앰플에 베여 부르터있는 내 손끝과 출근 전에 사주셨지만 일하는 동안 얼음의 흔적도 없이 녹아버린 자몽 에이드, 만보기에 찍혀있는 이만보의 숫자와, 퉁퉁 부어 있는 종아리였다.

배운 내용을 나만의 신규 노트에 정리해 틈날 때마다 항상 들여다보곤 한다. 출근 버스에서 잊어버리지 않으려 수첩을 한참 들여다보다 정신 차리니 병원을 두 정거장 지나쳤다. 일찍 나왔기에 망정이지 깜짝 놀라 병원까지 허겁지겁 걸어갔다. 이렇게 한참 노트를 바라다보며 공부했는데 외웠던 것도 선생님이 물어보시면 갑자기 대답이 나오지 않을 땐 너무 속상하다. 나도 질문하면 바로 나오는 대답 척척박사가 되고 싶은데.

이제는 꽤 일이 익숙해져서 여러 가지 술기를 하고 있다. 바이탈, 모니터달기, 혈당검사, 단순도뇨, 유치도뇨, 항생제 반응검사, 기본수액 달기랑 소변검사 설명드리기, 마약 타오기 등

오늘은 환자의 소변검사에 필요한 단순도뇨 술기를 했다. 기구가 떨어져서 아무 생각 없이 떨어진 걸 주우려다가 감염이 (컨타, contamination) 되었다. 너무나 당연하고 기본적인 실수를 한 내가 바보 같고 뚝딱이 인형이 된 것만 같았다. 병원만 가면 잘하고 싶은 마음이 앞선 탓인지 나도 모르게 긴장을 산뜩 하게 되는데 나도 일 잘하는 신규가 되고 싶다.

9.24 실수를 대하는 태도 　 D / E / N

　모든 배움에는 필연적으로 창피함과 쪽팔림이라는 감정이 잇달아 온다. 신규 간호사로서 환자와 대면했을 때, 새로운 것을 배울 때 모두 처음부터 잘하는 사람은 없다. 종이에 물 스며들 듯 각자마다 나름의 시행착오를 겪으며 서서히 자신의 영역을 넓혀나간다. 너무나 당연한 말이지만 누구보다 잘하고 싶었던 마음이 앞섰던 나는 작은 실수와 오차를 범했을 때 누구보다 나 자신을 괴롭혔다.

　실수를 거듭하면서 스스로 마음에 들지 않는 모습, 부끄러운 모습, 실수한 모습은 최대한 숨기고, 잘한 모습, 인정받은 모습, 남들에게 남부끄럽지 않은 모습만 받아들이고 싶었다. 이런 현상은 나를 더 엄격하게 만들었다. 실수에 자책하고, 스스로를 나무랐다. 상반된 두 모습의 괴리를 모두 나로 인정하기까지는 여전히 많은 시간이 필요했다.

　누군가 하는 일이 쉬워 보인다면 모든 실수를 겪어봤다는 반증이겠지. 어쩌면 실수는 앞으로 나아가고 있다는 증표 같은 걸지도 모르겠다. 아무것도 하지 않고 제자리에 있으면 실수할 일도 줄어드니까. 완벽을 기대하고 인생을 살아가면 힘에 부치기에 시행착오를 거치며 모양을 다듬어 간다. 모나지 않게 둥그렇게 만들어가는 과정 속에서 내가 취해야 할 태도를 배운다. 앞으로도 계속 넘어지고 실수하겠지만 한 가지는 지키기로 다짐한다. 지나간 실수를 미래에 되풀이하는 어리석은 짓은 하지 않겠다고.

오늘은 드디어 약물 시험이 있는 날이다. 여태껏 감지처럼 빽빽이 써놓은 종잇장들을 졸음과 싸우면서 몽롱한 상태로 한번 훑어봤다. 오늘은 이브닝 출근이라 오후 2시부터 업무가 시작되는데 시험을 위해 오전 11시쯤 짐을 챙겨 일찍 출발했다. 가방에 책과 파일을 한 아름 넣어뒀는데 커피가 쏟아져서 정리한 노트랑 매뉴얼 책이 얼룩졌다. 긴장을 하니 일이 꼬여 평소보다 두 배의 시간이 소요됐다. 다시 얼룩진 책과 가방을 닦고 다른 가방에 급히 짐을 챙겼다.

응급실에서 근무를 시작하면서 제일 어렵고 또 가장 중요한 것이 약물이다. 같은 약물이라 할지라도 환자의 증상마다 쓰임새와 투여 방법이 다르고 환자의 체중에 따라 들어가는 약의 용량도 달랐다. 약물 투여 전 약물의 이름과 성분, 용량, 작용은 물론이거니와 약을 사용했을 때 오는 이차적인 부작용에 대해서도 인지하고 예방할 수 있어야 한다. 중요한 약물일수록 환자의 의식 상태와 활력징후에 유의미한 상관관계가 있기 때문에 사용할 때마다 항상 경각심을 가져야 했다.

시험 보기 전 책상에 앉아 약물에 대해 공부하는데 카페 아르바이트 했을 때가 떠올랐다. 카페에서 근무하면서 음료 메뉴 레시피를 외워야 음료를 제조할 수 있듯이 약물을 외워야 환자에게 약물 설명하고 주사약을 드릴 수 있다. 손님이 밀리면 주문 명세서가 밀리듯이 액팅(환자에게 해야 하는 간호처치)이 해야 하는 라벨이 밀린다. 처음에 카페 아르바이트를 하면 휘핑크림 짜는 게 어렵고 기술이 필요한데 응급실에서는 맨날 정맥주사를 놓아야 하니 처음에는 어렵지만 숙련되면서 스킬이 느는 것처럼 아르바이트든 직장이든 모든 사회생활의 연장선이라는 생각이 들었다.

프리셉터 선생님과 같이 빈 교육실에 내려가서 시험을 봤는데 긴장감에 아무것도 먹지 않았다고 하니 선생님께서 샌드위치와 음료수를 사주셨다. 교육실에 앉아 여백이 가득한 시험지를 받아 들고서는 응급실 비치되어 있는 약물, 항생제, 마약류, 응급 약물 등 80개가 넘는 약물시험을 봤다. 약이름만 검은 글씨로 적혀있고 그 외 성분명, 코드명, 용량, 작용과 부작용, 투여방법은 나의 기억을 상기시켜 글로 옮겨 적어야 했다. 한 시간 가까이 빼곡히 글로 받아 적으니 손이 저릿해졌다.

앞으로도 계속해서 공부해야 할게 많지만 일단 A4용지 다섯 장을 빼곡히 적었다는 것에 의의를 두며 2차 약물 시험을 또 준비해야겠다. 모든 시험을 마치고 선생님과 나는 다시 이브닝 근무를 위해 자리로 돌아갔다.

9.29 퇴근의 낙

퇴근 후 목을 축이러 편의점에 잠깐 들렀는데 같이 근무한 선생님을 만났다. 음료수 하나를 집었더니 선생님은 먹고 싶은 걸 더 고르라며 초콜릿 하나를 덥석 잡으시고 '이것도 같이 계산해 주세요'하며 나의 것까지 계산해 주셨다. '감사합니다'하고 편의점을 나오는 길에 선생님은 '이거 받았으니까 도망갈 생각하지 마요'라며 신신당부하셨다. 집에 가는 방향이 같아서 선생님들과 버스를 기다리며 이런저런 이야기 나누는 게 요즘 퇴근의 낙이다.

또 다른 날은 버스 정류장에서 선생님과 둘이 나란히 앉아 작은 고민 상담소가 열렸다.

'얼마나 흘러야 일에 적응할 수 있을까요? 저도 잘하고 싶어요'
'처음부터 다 잘하겠다는 건 너무 욕심 아니니'
'아무도 너한테 완벽한 걸 기대하지 않아. 당장 앞에 있는 것부터 실수하지 말고 차근차근해봐. 네가 내 연차정도되면 그땐 날아다닐걸?'

출근과 일에 대한 부담이 가득했던 나에게 큰 위로가 되는 대화였다. 배우고 싶고 존경할만한 선생님들이 많은 병원에서 일하게 된 건 감사한 일이다.

눈치

사회생활을 시작하면서 '눈치'가 중요한데
어떻게 하면 눈치 있는 사람이 될까 골똘히 고민했다.

'상대방이 필요한 것을 말하기 전에 알아채는 것'
'상황의 흐름을 파악하고 내가 취해야 할 행동을 아는 것'
'내가 해야 할 일을 먼저 찾아서 하는 것'

내가 결론 내린 '눈치'의 정의

병원에서의 한 달이 지나갔다. 타임머신을 타고 눈을 감았다 뜨니 순식간에 한 달 뒤로 보내진 기분이다. 시간이 어떻게 지나갔는지 모르겠다. 누구에게나 24시간이 공평하게 주어진다는데 알차다 못해 인생을 두 배의 몫으로 살아가고 있다.

　퇴근을 기다리는 시간은 느리게 가는데 하루는 너무 길고 한 달은 너무 짧다. 학생 때에 비해 시간이 제곱으로 빨리 흐른다. 한 달 동안 달라진 게 있다면 병원에 적응하면서 오키로 가까이 체중이 빠졌다. 항상 긴장상태에 활동량이 자연스럽게 늘어나니까 당연한 결과일지도 모르지만 오히려 좋다.

　교육기간 7주 중 한 달이 지났다는 말은 즉슨 독립이 얼마 남지 않았다는 말과 같다. 아직 독립을 생각하면 무섭다. 교육 기간일 때 다양한 경우의 수를 여쭤보고 도움 없이도 일을 해결할 수 있도록 많이 연습해 놓아야지.

지나가는 시간은 잡아두면서
다가오는 시간은 미뤄두고 싶은 날들이다.

신규간호사
두달

오늘은 응급실 내 분리되어 있는 격리구역 교육을 했다. 코로나로 인해 응급실에 내원하는 환자들은 모두 코로나 검사를 시행한다. 고열, 기침, 가래 등 임상증상이 있거나 다제 내성균이나 법정 감염병으로 지정되어 감염의 위험이 있는 사람은 선별진료소에서 음압격리방으로 따로 배정한다. 격리실에서 근무할 때는 감염의 전염 예방을 위해 격리실을 드나들 때마다 보호장구착용과 의료 폐기물 관리를 더 철저히 지켜야 했다. 환자에게 드나들 때마다 보호장구 입고 벗고를 열댓 번 반복하다 보니 처치 전부터 진이 빠졌다.

고열로 인해 감염여부를 확인할 수 없는 환자가 격리실로 배정되었다. 아직 코로나 검사를 받지 않아 대기실에서 혈관을 확보하고 기본적인 혈액검사 후 수액과 해열제를 처방받아 투여했다. 환자의 혈액을 검체에 옮겨 닮는 과정에서 실수로 내 손가락을 찔러버렸다. 아직 코로나 검사 결과가 나오지 않은 상태로 음성인지 양성인지 확인할 수 없었기에 괜히 마음이 조마조마했다.

선생님께 일단 상황에 대해 말씀드리고 괜히 일을 크게 만들고 싶지 않아 일단은 포피돈으로 손소독하고 하루가 일단락되었다. 그런데 퇴근 후 저녁 8시쯤 갑자기 연락이 한 통이 왔다. '주사침 자상 발생한 환자분 코로나 양성 판정받았대' 심장이 쿵쾅쿵쾅 했다. '나 괜찮겠지? 격리실에 들어간 사이 코로나가 감염된 건 아니겠지?'라는 오만가지 생각이 머릿속을 스쳐 지나갔다. 예상치 못하게 일이 점점 커져갔다.

주말임에도 불구하고 파트장님께 연락이 왔다. '일단 내일 근무하지 말고 아침에 와서 코로나 검사 후 주사침 자상 보고서 작성해서 총무팀에 제출하세요' 이게 무슨 날벼락같은 일이람. 당장 그날은 가족들과 자가 격리하고 방에서 꼼짝없이 지냈다. 원래 같았으면 다음날 데이 출근이지만 아침 일찍 응급실 야외 출입구에서 코로나 검사를 받고 집으로 귀가했다. 다행히도 코로나 검사 결과는 음성 판정이지만 3주 동안 능동감시 대상이 되어 매주 한 번씩 코로나 검사를 진행해야 한다. 내 코와 입이 남아나지 않겠구나.

병원은 질병을 치료할 수 있는 안전한 곳이자
모든 질병으로부터 위협받는 역설적인 공간이다.

간호부에 발령서류를 제출하고 간호부장님과 면담이 있는 날이다. 아무래도 직장 내에는 직급이 나눠져 있고 나는 신규나부랭이이기 때문에 높은 분을 뵈면 나도 모르게 긴장이 된다. 무슨 이야기가 오가려나 걱정반 기대반 사무실로 향했다. 사무실에 도착했더니 앞에는 간단한 간식과 주스가 놓여 있었고 곧이어 간호부장님이 문을 열고 들어오셨다. 잔뜩 긴장한 나에게 간호부장님은 생각보다 편안한 분위기를 만들어주셨고 부서적응과 관련한 몇 가지 질문을 하셨다. '출퇴근은 어떻게 하는지, 응급실 업무는 잘 맞는지, 선후배 관계는 어떤지'등에 관련된 질문이었다.

"다들 가고 싶어 하는 응급실에 들어간 소감이 어때"
"영광입니다^^"

입사 전 원티드(근무하고 싶은 부서)를 적어내긴 하지만 TO가 나지 않으면 원하는 부서에 들어갈 수 없기에 응급실에서 근무할수 있는 것에 다시 한번 감사함을 느끼는 순간이었다.

　　아직 출근도 안 했는데 응급실 앞에 구급차가 네 대나 서있다. 출근 전 병원 앞에 몇 대의 구급차가 서있는지 확인하는 게 습관이 되었다. 병원 다니고 나서부터 구급차 사이렌 소리에 노이로제가 걸릴 것 같다. 출근길에서부터 구급차를 볼 때면 저 차는 어떤 병원으로 가게 될까? 방향이 같으면 나와 같은 목적지로 향하고 있나? 내가 보게 될 환자일까? 하는 생각이 든다. 까만 밤 빨간 사이렌들이 앞다투며 반짝이는 구급차를 보면서 오늘은 또 얼마나 바쁘려나 어리 짐작하며 부서로 향했다.

　　응급실의 새벽에는 주취자분들이 많이 온다. 이성은 잠시 집에 두고 온 만취상태의 환자를 상대하는 건 신체적으로 정신적으로 쉽지 않다. 술에 취하신 상태로 응급실에 오셔서 몸을 가누지 못하고 응급실 바닥에 드러누워 주무셨다. 선생님들과 힘을 합쳐 환자를 일으켜 세우고 드러눕고를 서너 번 반복했다.

그렇게 환자분께서는 침대에 한참을 누워있다가 의식이 좀 깨셨는지 '이제 집에 갈 거'라며 달고 있는 거 다 떼고 빨리 퇴원시켜 달라'며 간호사 데스크 앞에 나와 소리쳤다. 아직 검사결과도 안 나온 상태이고, 아직 취해계신 상태로 혼자 되돌려 보내기에는 위험하다 판단되어 보호자가 올 때까지 잠시 기다렸다 가시라고 안내드렸다. 하지만 환자에게 우리는 본인의 뜻대로 일처리를 빨리하지 않는 의료진에 불과했다. 갖은 욕설로 난동을 피우시더니 '주사부위를 떼고 당장 퇴원시켜주지 않으면 내가 빼고 나갈 거야'라며 도리어 우리를 협박했다. '치료 중이셔서 퇴원예고 나기 전까지는 빼드릴 수가 없어요 잠깐만 기다려주세요'라며 한참 실랑이를 벌였다. 포기한 듯 보이던 환자는 '이런 게 의료진이냐며' 폴대를 휘둘러 응급실에 있는 컴퓨터를 부수고, 심지어는 같이 일하는 선생님들의 얼굴에 흉터를 남겼다. 갑자기 벌어진 상황에 주변에 있던 환자를 멀리 대피시키고, 상황을 수습하기에 정신이 없었다. 주취자는 수액을 맞고 있던 주사부위를 스스로 제거하더니 피를 뚝뚝 흘리며 응급실 출구로 향했다. 결국 사태는 경찰이 출동해서야 종결되었다. 영화보다 더 영화 같은 응급실의 밤이었다.

10.12 보상 심리

첫 쓰나를 끝내고 집에 와서 곧장 잠들었다. 환한 대낮에 잠들기에 최대한 방에 있는 빛을 차단하고 어두운 환경을 만드려고 노력한다. 나이트 세 번을 연달아한 후유증이었을까 끝나고 집에 와서 하루 온종일 잠만 잤다. 하루종일 자도 풀리지 않는 것 같은 피로감. 일을 시작하고는 잠자는 것만큼 보약이 없다. 일정시간 수면시간은 비축해 둬야 정상적인 일상생활이 가능하기 때문에 평소에는 편히 못 잤던 잠을 쉬는 날이 되어서야 몰아서 잔다. 잠을 푹 자도 생활패턴이 나이트에 맞춰있어 다음날 밤은 또 잠이 오지 않는다. 아침 퇴근 후 당장 졸려서 자면 밤에 잠이 안 오고 그렇다고 지금 쏟아지는 졸음을 참자니 당장은 너무 피곤하고 수면패턴은 여전히 딜레마다.

매일 서서 일하고 걷고 뛰어다니는 게 일상이 된 요즘. 체력 소모가 엄청난데 바쁠 땐 밥 먹을 시간도 없다. 장거리 달리기 하듯 에너지를 몽땅 끌어다 쓰고 퇴근 한 날이면 "난 고생했으니까 먹어도 괜찮아" 합리화시킨다. 그렇게 퇴근 후 집 가는 길에 오늘은 뭘 먹을까 한참을 고민하다 닭발을 시켰다. 이거 먹고 또 열심히 일하면 되지! 나의 노고의 대가를 잠이나 음식으로 자꾸 합리화시킨다.

7주의 프리셉터-프리셉트 교육이 쏜살같이 흘러 이틀 뒤면 끝이 난다. 근무할 땐 항상 뒤에서 지켜봐 주시든 선생님이 있어 든든했는데 이제 없다니 혼자서 모든 걸 할 수 있을까 걱정이 태산이다. 교육 마지막 날도 여느 때와 다름없이 인계 듣고 리뷰도 하고 액팅도 뛰고 응급실 여기저기를 뛰어다녔다. 아무도 아무것도 몰랐던 응급실에 들어와서 적응하기까지 프리셉터 선생님은 나의 든든한 버팀목이었다.

  그동안의 감사를 어떻게 표현해야 할까 몇 날 며칠을 고민했다. 간호사에게 잠은 너무 소중하기 때문에 편히 잘 주무셨으면 좋겠는 마음에서 필로우 미스트랑 피로 해소에 좋다는 비타민B를 선물로 정했다. 그리고 귀여운 토끼 편지지를 사서 그동안 못 다한 감사를 글로 옮겼다. 마지막 근무를 끝내고 선생님께 준비한 선물을 건네드렸다. '조금 있다 캐비닛 확인해 봐' 선생님의 말씀을 따라 캐비닛을 열었더니 쇼핑백 하나가 들어있었다. 생각지도 못했던 텀블러와 편지. 독립 후에도 선생님과 듀티가 자주 겹쳤으면 좋겠다.

교육기간 동안 열심히 적고 배웠던 노트
시간이 지나도 이게 큰 재산이 된다는데
열심히 배우고 열심히 공부했다 나 자신!

준독립. 독립하기 전 유예기간으로 일주일정도 10시부터 18시까지 애프터 근무를 한다. 출근길에 프리셉터 선생님의 '긴장하지 말고 하던 대로 잘하고 와'라는 연락 한통에 세상 마음이 따스워졌다. 프리셉터 선생님 없이 나 혼자 일하게 된 첫날. 오늘 하루도 잘해보자 다짐하며 출근했다.

애프터 근무의 장점이라고 하면 막내 일을 챙기지 않아서 좋다. 하루에 4시간 간격으로 총 6번 활력징후를 재고, 6시간마다 총 4번 BST를 하는데 환자가 많을수록 시간이 많이 소요된다. 지금 나의 상태는 뭐랄까 졸병이나 깍두기쯤이다.

다급한 상태로 일을 빨리 하려다 보니 '안티 샤워'를 당했다. 안티 샤워란 생리식염수랑 항생제를 믹스하다가 압력으로 인해 주사기가 분리되어 샤워하듯 분수처럼 약물이 새어 나오는 것인데 덕분에 얼굴과 옷이 흥건해졌다.

하나만 해도 벅찰 것을 카트에 여러 환자의 처치할 것을 쌓아 다니니 내가 일을 하는 건지 일이 나를 하는 건지 정신이 하나도 없었다. 바쁠 때 항진된 마음에 휘말리지 않고 나만의 속도와 침착함으로 일을 빠르고 정확히 처리할 수 있는 능력을 길러야겠다.

무슨 일인지 수액이 잘 들어가지 않는 환자분이 계셨다. 챔버를 확인하고, 드레싱이 잘못됐나 멀티픽스를 다시 고정해보기도 하고, 주사부위 부종이나 발적이 없는지, 꼬이거나 새는 곳이 없나 확인해 보고, 생리식염수 수액으로 푸쉬도 해보고 내가 할 수 있는 모든 방법을 총동원했다. 수액이 잘 들어가길래 다행히 다하고 뒤돌아서 내일을 하고 있던 순간. 잠시 후 담당구역 선생님께서 '환자분 주사부위 부은 거 확인했냐'고 물으셨다. 나는 직감적으로 아까 내가 봤던 환자구나 알아차렸다. 왜 신규간호사는 이렇게 시야가 좁은 걸까? 원래 살집이 좀 있으신 분이기도 했고 이리저리 신경 썼지만 부었다는 사실을 알아차리지 못했다. 선생님들이 너무 바빠 보이셔서 나 혼자 해결하려고 하다가 결국 오늘도 실수하나 더 추가.

퇴근길에 선생님께 실수에 대해 사과드리고 싶어 뭐라고 연락드릴까 한참을 쓰고 지우고를 반복하다가 내려야 하는 버스정류장 지나쳤다. 결국 전송버튼을 누르고 반대쪽 정류장으로 돌아가 버스를 타고 험난하게 집에 돌아왔다. 실수를 적는 게 부끄럽지만 다시는 똑같은 실수 안 해야지. 하나가 꼬이면 연쇄적으로 계속 꼬이는 날이 있다.

10.20 사건 보고서 작성

　오늘도 사고를 쳤다. 수액세트가 두 종류가 있다. 일반수액세트랑 용량을 조절하는 레귤레이터가 달린 수액세트(도지)가 있다. 두 번째 수액세트는 환자에게 드리기 전에 세 부분을 확인해야 한다. 챔버가 잘 열려있는지, 정확한 유량속도에 맞춰있는지, 수액연결 부위 쓰리웨이가 잘 열려있는지. 환자에게 수액을 연결하러 갔는데 위의 세 부분을 잘 확인했어야 했는데 정신없이 일하다 보니 정해진 용량보다 많이 투여되어 사건보고서를 작성했다. 진짜 각성하자. 실수하지 말자. 오만하지 말자. 항상 확인 또 확인하기. 정신 똑바로 차리고 일할 것!

　처치카트에 할 일은 태산같이 쌓여있는데 손도 느리고 일하다가 중간에 계속 새로운 일이 추가되고 정신없으니 빨리 돌아오지도 못하는 신규간호사는 산 넘어 산이다. 진짜 하루하루 버틴다는 말이 딱 맞다. 이리 까이고 저리 까이고.

　심지어 퇴근 전에 혈관이 너무 없는 사람이 있어서 시도해 보다가 선생님들께 도움 요청했는데 선생님들도 다들 바쁘셔서 안절부절못했다. 독립이란 게 이런 거구나. 모두 다른 선생님한테 부탁하라고 하셔서 부탁드리다가 아직도 퇴근 안 했냐고 혼나고 보호자 빨리해 달라고 재촉하고 마음이 싱숭생숭해져서 퇴근했다. 내가 해야 할 일이 내 선에서 처리되지 않으면 너무 골치 아프다. 일 시작하고 처음으로 조금 서글펐던 날.

10.22 동기들과 놀이동산 OFF

　병원은 듀티 당 연차별로 골고루 구성되도록 근무표를 짜야하기 때문에 동기들끼리 오프가 겹치는 날은 흔치 않다. 독립 전 우연히 한날 동시에 오프를 받게 되어 다 같이 놀이동산에 갔다. 학창 시절로 돌아간 것 마냥 교복을 맞춰 입고 병원을 탈출하는 것만으로도 날아갈 것 같았다.

　병원에서 들리는 건 심폐소생술하는 소리, 모니터, 인퓨전, 벤트 알람소리, 기계소리, 환자들 아픈 소리만 듣다가 퍼레이드에서 나오는 노랫소리, 사람들의 환호소리, 웃음소리를 들으니 병원 안과 밖의 상반됨이 확연히 더 느껴졌다. 같은 동기들도 병원의 안과 밖이 달랐다. 밖에서 보면 다들 이렇게 밝고 기운 넘치는데 병원 가면 다들 항상 지친 기색이 눈에 보여 안쓰럽다.

　간호사들이 만나서 놀면 항상 나오는 공통질문. '내일 듀티가 뭐야?' 내일은 이브닝 근무. 유예기간도 정말 끝. 오늘만 지나면 찐 독립이다.

때론 풀리지 않는 걱정을 붙잡기보단

눈 딱 감고 부딪쳐보는 게 더 나은 돌파구가 된다.

10.26 나에게 주는 선물

경험이 재산이라고 여기며 원데이 클래스 같은 다양한 활동 해보기 즐겼다. 배우긴 하는데 축적되지 않는 느낌에 아쉬움이 남아 내 손으로 돈을 벌게 되면 일회성이 아닌 꾸준히 배울 수 있는 것을 찾아야겠다고 오랫동안 생각했다. 그렇게 병원에서 두 달간의 수습기간이 끝나고 정식발령받기 전 고생한 나를 위한 소정의 선물로 동네에 있는 음악학원으로 향했다. 드디어 몇 년 전부터 막연히 배우고 싶다고 생각했던 베이스를 등록하는 날. 등록원서를 작성하면서 학원 원장님은 '왜 베이스에 관심을 가지게 되셨어요?'라고 물었다. 처음에는 베이스의 묵직한 저음을 좋아해서 관심을 가지기 시작했는데 이후 관심이 깊어지면서 밴드 내에서 베이스의 역할이 내가 원하는 삶의 방향과 닮아있었다. 베이스 소리는 다른 악기처럼 눈에 확연히 띄지 않는다. 근음을 치면서 있는 자리에서 조용히 자신의 일을 묵묵히 하며 다른 악기들을 서포트한다. 있으면 안 보이고 없으면 보이는 아이러니한 존재감인 악기여서 더 애착이 갔다. 웃기게도 베이스 수업에 들어가면서 리듬악기라는 사실은 뒤늦게 알게 되었다. 8박 16박 쉼표 리듬 템포 기초부터 하나씩 배우기 시작하면서 삼교대라는 불규칙한 생활 속에서 한 주에 한번 한 시간 베이스 수업을 통해 나만의 규칙성을 만들어갔다.

간호사가 ^{많이쓰는} 의학용어

1. 응급실에 오면 NPO 해주세요
    : nothing per oral (금식)

   ↔ 이제 드셔도돼요 TD : tolerable Diet (자율식이)

2. 투약
    - QD : quaque day (하루한번)
    - BID : bis in Die (하루두번)
      Twice a day
    - TID : Ter in Die (하루세번)
      Three times a day
    - QID : Quater in Die (하루네번)
      four times a day

3. 통증 NRS 8점이상일 때 PRN으로 진통제 주세요
    : numeral ratting scale   : pro Re Nata
      (통증 사정 도구)   (필요시)

   통증X = 0점, 극심한 통증 10점

4. 주사종류
    - IV : Intravenous injection (정맥주사)
    - IM : IntraMuscular injection (근육주사)
    - SC : Subcutaneous injection (피하주사)
    - ID : IntraDermal injection (피내주사)

응급실 간호사

병원 안과 밖 이야기

우리 부서의 칭찬간호사를 뽑습니다

올해부터 매달 우리 부서에서 '고마운 사람', '응원하고 싶은 사람', '사랑하는 사람'을 투표해서 이달의 칭찬왕을 뽑는다. 이달의 칭찬간호사로 우리 병원에서 20년 넘게 근무하신 고연차 선생님이 당선되었다.

선생님이 뽑히자마자 우리는 모두 고개를 끄덕일 수밖에 없었다. 그렇게 오래 병원에 남으시고도 항상 선례가 되어주시는 분이 같은 부서에 있다는 건 정말 영광스러운 일이다. 선생님은 어떻게 칭찬간호사로 뽑히게 되었을까 본받을만한 점들을 나열해 보았다.

1. 연차가 높아도 낮은 연차에게 배우려는 의지가 있다. 모르는 게 있으면 후배한테도 '이건 어떻게 하는 거야?' 물어보시고, '고마워'라는 인사말에 인색하지 않으시다.

2. 시간이 남으면 선생님들과 동그랗게 모여 그동안 병원과 응급실이 어떻게 변화해 왔는지 변천사와 여러 병원이야기를 들려주신다.

3. 환자들과 원만한 관계를 유지한다. 윗연차라 제일 중증도가 높은 구역을 맡고 계신데 항상 환자들을 위하고 애쓰는 마음이 보인다. 짧은 시간 안에서도 환자와 라포형성하여 치료 협조가 잘되도록 돕는다.

4. 액팅도 뛰어주신다. 액팅과 챠지가 나눠져 있어 연차가 높으면 굳이 궂은 일을 하지 않아도되는데 항상 솔선수범하셔서 액팅을 뛰시고, 본인구역이 아닌 곳도 도와주신다. 도와준다는 개념이 아니라 바쁘면 당연히 같이 해야 하는 것이라는 태도를 몸소 보여주신다.

5. 라인을 잘 잡는다. 진짜 라인이 없는 환자 분들이 계신데 angio 18G 줘봐 하시더니 한 번에 척척 성공해 내시는 모습을 보면 경외심까지 든다.

6. 본인이 업무를 처리할 능력이 되니까 감정의 방향이 남을 향해있지 않다. 보통 역량이 부족하거나 본인뜻대로 되지 않으면 도리어 우리에게 화내시는 선생님들이 있으신데 이미 충분한 역량이 되니까 아무리 바쁜 상황에서도 평정을 유지하신다.

7. 병원 인싸다. 병원에 오래 다니시다 보니 병원에서 같이 밥만 먹으러 가도 모든 선생님, 보안요원님, 사원님들과 모두 알고 계시고 인사하시는 모습을 볼 수 있다.

8. 넓은 시야를 가지고 계시나. 같은 부서 내 미묘한 인간관계와 부서 방향성 체계를 잡는데 도움을 주신다. 어쩌다 보니 너무 선생님 칭찬글이 된 것 같지만 이런 분을 옆에서 보고 같이 일하는 것만으로도 나에게 모티브가 된다.

듣고 싶은 말

일을 다니면서 나의 근본적인 목표는
'같이 일하고 싶은 사람'이 되는 것.

요즘 근무를 하면서 제일 기분 좋은 말이 있다.
교대근무로 매 근무마다 같이 일하는 선생님이 달라지는데
각자의 구역으로 흩어지기 전 전체 인계시간에 다 같이 모여있으면
선생님이 가끔 '오늘 멤버가 좋네'라고 말씀하신다.

이 말을 들으면 소속감과 함께
적어도 이 안에서 일 인분의 역할을 해내고 있구나라는 생각에
괜히 미소 짓게 되는 말이다.

캐비넷 김밥

의료진, 방사선사, 보안요원, 원무과, 청소여사님 등 다양한 직군이 모여 응급실이 돌아간다. 그중에서 환자가 검사, 입원을 갈 때 환자 안내를 도와주시고, 응급실 내 소독물품을 관리해 주시는 사원님은 우리의 든든한 지원군이었다. 정신없이 뛰어다니는 우리를 보내면 사원님들은 종종 '밥은 먹었어요?'라고 안부를 물어주셨다. '들어온 지 얼마 안 됐죠? 처음엔 힘들어도 나중엔 괜찮아질 테니 잘 버텨봐요' 일이 힘에 부칠 때마다 옆에서 위로의 말도 한마디씩 건네주셨다. 사원님들도 간호사와 마찬가지로 교대근무를 한다. 며칠 내내 한 사원님과 근무가 계속 겹쳐 탈의실에서 대화 나눌 기회가 많았다. 그날도 어김없이 출근 전 사원님과 대화를 나누고 있었는데 '내일은 근무가 어떻게 돼요?' 물어보셔서 나는 오늘과 같다며 오프가 오지 않는다고 투정 아닌 투정을 부리고 근무에 들어갔다. 다음 날. 출근해서 캐비넷을 열었더니 은박지로 둘러싸인 물건하나가 캐비넷 선반 위에 올려져 있었다. 나는 멍하니 내 케비넷에 반짝거리는 것을 바라봤다. 탈의실에는 아무런 인기척이 없었지만 뇌리에 딱 한 사람이 떠올랐다. 들뜬 마음으로 응급실에 내려가서 먼저 근무하고 계신 사원님을 마주쳤다. '아무리 바빠도 밥은 먹으면서 근무해요. 집에서 만든 김밥이에요.' 어떤 처지에 놓이든 내가 열심을 기울이고 있다면 지켜보고 있는 누군가 조건 없이 응원해 줄 수 있는 사람이 주변에 하나쯤 곁에 있다는 것에 감사했던 날. 다음번에는 내가 더 좋은 걸로 보답해 드려야지.

버스에서 잠든 날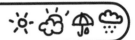

　사람의 여백이라곤 찾아볼 수 없는 도떼기시장 같은 응급실 틈바구니 안에서 걷고 뛰어다니며 일하고 나면 모든 에너지가 소진된다. 퇴근 후 무거운 몸을 이끌고 버스에 앉는 순간 모든 긴장이 풀려 중력의 힘을 이기지 못하고 눈꺼풀이 감겼다. 몸을 짓누르는 듯한 중력에 꿈나라로 빠져버린 나는 내릴 정류장을 코 앞에 두고도 알아채지 못했다. 얼마큼의 시간이 흘렀는지 모르게 누가 내 몸을 흔들며 나의 생사를 확인하듯 눈앞에 성큼 다가와 있었다. '어디까지 가세요? 이제 곧 종점이에요' 분명 나는 찰나처럼 잠깐 눈을 감았다 뜬것 같은데 주위를 둘러보니 승객은 나 말고 아무도 없었다. 버스기사 아저씨가 빨간 불에 잠깐 정차 후 잠에 취한 나를 깨우러 온 거였다. 나는 깜짝 놀라서 모든 잠이 순식간에 달아났다. 다행히도 집이 종점과 가까웠기에 '저 종점에서 내려요'라고 말씀드리고 주섬주섬 짐을 챙겼다. 버스기사 아저씨는 '많이 피곤하셨나 보네. 다음번에 또 내가 운전하는 버스를 타면 종점까지 안 깨울게요. 푹 자도 돼요'라고 말씀해 주셨다. 나는 민망하고 감사한 마음에 힘차게 '감사합니다' 외치며 버스에서 내렸다. 집으로 걸어가는 길에 버스기사 아저씨의 한 마디가 계속 맴돌았다. 몇 초 내지 밖에 안 되는 말 한마디였는데 녹초 같던 하루에 단비처럼 나의 모든 피곤이 가셨다. 지나가는 작은 말 한마디라도 다정함을 건넬 줄 아는 버스 기사 아저씨가 감사했던 하루.

처음이자 마지막 지각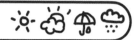

　신규시절 삼교대가 익숙지 않았을 때는 언제 자고 언제 일어나서 준비해야 하는지 가늠하기가 어려웠다. 맨날 바뀌는 생활패턴에 악몽을 꾸면 그건 늦게 일어나 일터에 지각하거나 버스를 놓치거나 하는 꿈이었는데 그게 현실이 됐다.

　지각은 주로 데이출근에 많이 일어난다. 아침 6시 30분 전체인계를 듣기 위해서는 병원에 적어도 삼십 분 전에 도착해야 한다. 출근을 위한 나의 기상시간은 적어도 새벽 네시반에서 다섯 시였다.

　데이 첫날은 주로 잠에 들기 어려워 잠시 눈만 붙이고 가는 날이 수두룩한데 그날도 여느 날과 마찬가지로 새벽을 뜬눈으로 지새우다 겨우 쪽잠에 들었다. 알람소리는커녕 희미하게 들리는 전화 벨소리에 무슨 일이지 하며 전화를 받았는데 동기의 다급한 목소리가 전화 건너 들려왔다. '지금 어디야?'

　그 말을 듣자마자 시간을 확인하고 내 눈을 의심했다. 당장 5분 뒤면 선체인계시간인데 아직 침대 위라니 '빨리 갈게' 한마디 남기고 곧장 전화를 끊었다. 일단 택시부터 부르고 헐레벌떡 씻고 오분 만에 준비를 마쳤다.

택시기사 아저씨께 '죄송한데 제가 지금 출근이 늦어서 조금만 빨리 가주실 수 있을까요?' 말씀드렸더니 '병원에서 근무하시나 봐요 사명감 없으면 하기 힘든 일인데 귀하신 분 빨리 모셔다 드려야죠'라는 대답이 돌아왔다. 항상 간호사라고 말하면 다들 자동응답서비스처럼 '힘들겠다'라는 말이 되돌아오곤 했는데 택시기사 아저씨가 보여주신 태도에 내가 하는 일의 의미에 대해 다시 생각해 보게 되었다. 맨날 반복되는 일상에 익숙해져서 '내가 하는 일이 사명감이 필요한 일이지 쉽지 않지만 보람 있는 일이지' 깨닫지 못했던 나를 되돌아봤다. 이런 생각도 잠시 일분일초라도 빨리 도착해야 하는데 마음이 급했다. 택시에서 내리자마자 부리나케 달려서 병원 앞 편의점에서 죄송의 의미로 과일 음료수 한 박스 사들고는 유니폼으로 갈아입고 부서로 이동했다. 다행인지 불행인지 개별인계가 끝나갈 무렵이었다. 눈을 떠서 불과 30분 만의 일이었다. 너무 늦지 않아서 다행이었지만 다시 생각해도 살 떨리는 순간이다.

시간 약속을 못 지켰다는 죄송함과 촉박함에 콩닥콩닥하는 소리가 귀에 선명했다. 이후 상황이 진정되고 부서 선생님들에게 음료수를 하나씩 나눠드렸는데 '다음부터는 지각하지 마' 경고의 말씀과 함께 잘 넘어갈 수 있어서 다행이었다.

사람인지라 누구나 일을 하면서 실수를 하거나,
지각을 할 수도 있는데 그럴 때마다 가장 중요한 건
이미 엎질러진 물을 어떻게 대처하느냐의 차이인 것 같다.

첫 월급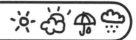

　사회생활을 시작하고 처음으로 월급을 받았다! 두 달의 교육기간 동안은 수습 월급을 받고 독립 이후 본봉을 받는다. 고생의 대가에 비 할 순 없지만 내가 직접 땀 흘려 번 첫 월급에 기분이 좋다. 사회 초년생 돈 관리는 어떻게 해야 할까 고민하다가 나만의 규칙을 만들었다. 매달 청약과 적금에 고정지출을 먼저 넣고, 통장을 두 개를 만들어 생활비 통장에 이번 달에 사용할 돈을 미리 따로 빼둔다. 이런 습관은 한 달 지출을 미리 고정시켜 과소비를 줄일 수 있었다. 돈을 쓰는 것보다 통장에 쌓여가는 잔고에 더 만족감을 느끼기 시작했다. 경제관념을 가지는 건 중요하고도 어려운 것 같다. 그리고 꼭 지키는 또 하나의 루틴은 매달 월급 받으면 서점이나 책방에 들러 책을 한 권씩 산다. 처음에는 책이 주는 공간감이 좋아서 서점에 종종 들렀다. 책을 정독한다는 마음은 부담스럽기에 원하는 부분만 발췌하면서 읽다가 점점 재미에 들렸다. 책을 보면서 지금 내 상황에 와닿는 문장 한 구절을 찾는 취미는 내 삶을 꽤 윤택하게 만들어줬다. 신규 간호사 시절을 나를 지켜줬던 문구 하나. <팀 페리스 - 타이탄의 도구들 >

'아침에 일어나면 자신에게 이렇게 말하라.
오늘 내가 만날 사람들은 내 일에 간섭할 것이고,
고마워할 줄 모를 것이며, 정직하지 않고,
질투심 많고, 무례할 것이다.
하지만 그들 중 누구도 나를 해칠 수 없다'

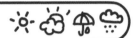

OFF날 아침. 대학 동기들 모두 간호사로 삼교대를 하기 때문에 얼굴 보기가 쉽지 않다. 약속을 잡으려면 적어도 몇 달 전에 오프를 맞추거나 우연한 기회로 쉬는 날이 겹치기를 기다리는 것뿐. 그러다 겨우 듀티가 맞아 동기들과 만나기로 했던 날 당일. 아침 7시부터 희미하게 들리는 전화소리에 내 핸드폰이 아니겠거니 넋 놓고 잠에 빠져있었다. 연속으로 서너 번 끊겼다 울리는 선명해진 전화벨소리에 잠이 확 깨버렸다. 곧이어 보이는 병원 전화번호. 순간 오늘 내가 출근인데 듀티표 확인을 못 했나? 생각하던 중 곧이어 다시 울리는 진동음에 마음 졸인 채 전화를 받았다.

"여보세요?"
"선생님, 지금 바로 출근할 수 있어요?"

전화의 용건은 다름이 아니라 오늘 근무자가 부족하니 어쩔 수 없이 지금 당장 출근을 해달라는 연락이었다. 오래간만에 대학동기들이랑 만나기로 하고 사진관 예약도 모두 다 해놓은 상태였는데 순간 만감이 교차했다. 단 일초만에 내 OFF가 잘리는 순간이었다.

일반적인 상근직의 경우 인원 그 자리를 공석으로 남겨 두고 남은 인력이 그 자리를 메꿔 빈자리만큼 업무가 가중된다. 하지만 삼교대로 돌아가는 간호사의 경우 누군가 빠지면 근무가 원활히 돌아가지 않기 때문에 듀티표가 변경되는 피치 못할 상황이 자주 생긴다.

왜 하필 오늘 왜 하필 내가 이런 생각이 들 겨를도 없이
급하게 준비하고 택시를 불러 데이근무 출근을 했다.

당일날 출근하라는 연락은 좀 너무 한 거 아닌가
그래도 인력이 없는데 어떻게 해 양가감정이 든 채.

출근을 했더니 많은 동료선생님들이 안타까운 마음으로
나를 바라보셨다.

'원래 듀티가 뭐였어?'
'오늘 off 잘렸다면서?'

선생님들은 너무 좋지만
이런 상황이 마냥 달갑진 않다.

교내강연

 병원에서 하는 일이 손에 익어 자리 잡아가고 있을 때쯤 반가운 연락 한통을 받았다. 학교 후배들에게 선배로서 강단에 서서 이야기를 들려 줄 수 있겠냐는 지도 교수님의 연락이었다. 내 자리는 줄 곧 선배님들 의 이야기를 듣는 위치에 앉아있었는데 반대가 된 입장에 감회가 새 로웠다. 감사한 제의를 받아들이고 학생 때 나는 무슨 고민을 했는지 되돌아봤다. 미래에 대한 막연한 불안감. 취업할 수 있을까? 어느 병 원을 지원해야 하지? 나의 우선순위는 뭘까? 고민을 거듭하며 누구보 다 답답했던 나였기에 그 시절로 돌아간다면 '나에게 하고 싶은 말'을 나누기로 정했다. 강연 당일. 졸업 후 처음 들른 학교는 여전했고 또 많 이 달라져 있었다. 긴장되는 마음으로 지도교수님을 찾아뵙고 후배들 을 만나 내가 준비했던 이야기를 하나둘 풀어나갔다. 학생간호사에서 응급실간호사가 되기까지의 과정 속에서 한 번쯤 자신이 중요시하는 가치에 대해 고민해 보는 시간이 되었으면 했다.

 무엇보다 모든 과정 속에서 본인을 중심에 두고 스스로를 지키라는 말 을 전하고 싶었다. 그렇게 두 시간의 강의를 끝내고 질의응답을 하며 후배들과 이야기 나누는 시간을 가졌다. 강의를 준비하면서 오히려 내 가 했던 고민과 발자취를 돌아볼 수 있는 뜻깊은 경험이었다.

응급실 작은 카페 ☀️ ⛅ ☂️ 🌧️

응급실은 뛰어난 개인의 역량도 중요하지만 부서원 간의 협동이 가장 중요한 부서이다. 이제 막 독립해 개인의 역량이 부족했던 막내 시절에는 특히나 바쁘면 도와주시고 모르면 알려주신 선생님들이 있어 그 시기를 잘 지낼 수 있었다. 그렇기에 적어도 일 년에 한 번 정도 같이 일하는 선생님들께 감사한 마음을 전하자 스스로 약속했다. 어릴 적 카페를 운영하고 싶다는 작은 꿈으로 바리스타 자격증도 따고 카페알바도 할 만큼 내 손으로 무언가를 만들어 나누는 것은 나에게 즐거운 일이었다. 나의 즐거움을 어떻게 나눌 수 있을까 고민하다가 직접 만든 음료와 빵을 선물해 드리자고 결정했다. 매년 초여름이 다가오면 토마토 바질청을 담는다. 토마토를 한번 데쳐 껍질을 벗기고 레몬을 썰어 바질과 섞은 뒤 깨끗이 소독한 유리병에 설탕과 켜켜이 쌓아 며칠간 숙성을 시켜 선생님들께 드릴 토마토 바질 에이드를 준비했다. 그리고 입사 전부터 버

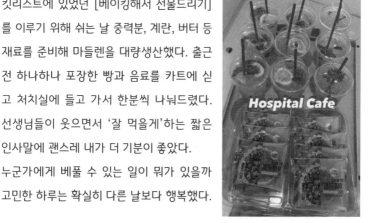

킷리스트에 있었던 [베이킹해서 선물드리기]를 이루기 위해 쉬는 날 중력분, 계란, 버터 등 재료를 준비해 마들렌을 대량생산했다. 출근 전 하나하나 포장한 빵과 음료를 카트에 싣고 처치실에 들고 가서 한분씩 나눠드렸다. 선생님들이 웃으면서 '잘 먹을게'하는 짧은 인사말에 괜스레 내가 더 기분이 좋았다. 누군가에게 베풀 수 있는 일이 뭐가 있을까 고민한 하루는 확실히 다른 날보다 행복했다.

만남과 이별의 연속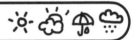

간호사의 퇴사율이 높다는 이야기는 누구나 들어봤을 것이다. 어느 부서나 그렇듯 선생님들의 근속연수는 그리 길지 않고 같은 부서에 있다가도 다른 부서로 로테이션을 가거나 퇴사를 하고 그 자리를 메꿀 신규 간호사는 매년 들어온다. 어느 직종보다 회전율이 빠르고 만남과 이별은 반복된다.

신규시절 트레이닝이 끝난 지 얼마 안 됐을 무렵 자그마치 몇 달밖에 마주치지 않은 선생님이었지만 다른 부서를 가신다는 이야기를 듣고 아쉬운 마음이 남아 작은 쪽지하나를 건넸다. '짧은 기간이었지만 선생님과 함께 근무할 수 있어 감사했습니다' 선생님은 밝고 싹싹해서 응급실을 잘 버텨낼 수 있을 거라 덕담을 남겨주셨다.

이제 신규의 일이 살짝 적응됐을 때쯤 또 다른 선생님이 퇴사를 하셨다. 때때로 무서웠지만 이제 조금씩 선생님들과 친해지고 있다고 생각했는데 한 분 한 분 떠나가는 게 나로선 너무 아쉬웠다. '선생님이 하는 모든 일 잘되시고 행복하시길 응원할게요 그동안 수고 많으셨습니다' 짧은 편지를 남겼다.

'항상 열심히 하는데 일이 많아서 짠했던 소정이 짧은 시간이지만 열정적인 모습이 이뻐 보이기도 짠하기도 했다며 하고 싶은 일 원하는 일 잘 되었으면 좋겠다'라며 답장을 남겨주셨다. 나의 노력을 누군가 알아봐 주는 사람이 있다는 것에 감사한 마음이 들었다. 처음 입사해서 만났던 파트장님을 사람 대 사람으로 존경했다. 나도 저런 어른이 되고 싶었다. 파트장님이 임기를 채우고 다른 부서로 발령을 받으셨다.

송별회를 마치고 며칠 뒤 파트장님은 단톡에 장문의 마지막 메시지를 남기셨다. 우습게도 출근하는 나이트 버스 안에서 눈물 참느라 퍽 힘들었다. '처음 사회에 나와 응급실에 배정받고 파트장님을 만날 수 있어 행복했습니다. 제 파트장님이 되어주셔서 감사해요.' 그 이후에도 수많은 만남과 이별이 반복됐다.

이는 선후배뿐만 아니라 동기도 포함되는 이야기이다. 처음 일을 시작했을 때 동기는 일곱 명이었는데 점점 줄어 가고 있다. 다른 선생님이 그만두는 것보다 동기가 일을 그만두는 것은 생각보다 정서적으로 타격이 크다. 같은 시기에 들어왔던 동기가 그만두거나 로테이션을 가면 뭔가 마음 한편이 허한 기분이 든다.

시절인연. 딱 그 시기에 만나는 인연이 있다.
과거의 경험을 통해 알다시피 모든 순간은 영원하지 않다.
변화하면서 더 소중해지는 관계도 있고 아쉬움이 남는 관계도 생긴다.
그래서 현재가 아쉽지 않도록 더 많이 웃고 또 지키고 싶다.

당신은 제가 닮고 싶은 사람입니다.

어떤 모진 상황 속에서도 유쾌함으로 환기시킬 줄 아셨던 분.

약자의 위치에서 소리 내어 주셨던 분.

진심으로 누군가를 위로하는 방법을 아셨던 분.

본인만큼 타인이 귀한 줄 아셨던 분.

힘든 시간 옆을 지켜준 분.

당신을 통해 어른의 삶을 간접적으로 내다보았습니다.

인생의 찰나의 시간이라도 함께할 수 있어 감사했습니다.

항상 평안하고 건강하시길 기원합니다.

어른이 되는 것

점심시간이 되어 선생님과 밥을 먹으러 가기 위해 엘리베이터를 기다리고 있었다. 쉽지 않은 일임에도 한결같이 그 자리를 오래도록 지키신 선생님을 우러러보았기에 한 가지 질문을 드렸다.

'어떻게 병원에서 오랫동안 근무하실 수 있었어요?'
'밥 먹고 살려고 하는 거지 뭐'

처음 내딛는 이 직업에 대해 큰 기대와 로망을 가지고 있어서였을까.
나도 모르게 그 당시에는 답변이 너무 인색하게 느껴졌다.

사회생활을 시작하면서 어른이 된다는 것에 대해 생각해 본다.
어른들은 어떻게 한 직장에 오래 근무할 수 있었을까.
'벌어먹고 사는 거지'라고 가볍게 내뱉은 말속에는
고됨이 반복되는 일상에도 불구하고 자신의 울타리를 지키기 위한
책임감이 담겨있는 가장 무거운 말이 아닐까.

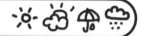

5개월간 응급실 적응기 Q&A

요즘은 어떻게 지내시나요? 일은 다닐만한가요?

저는 완전 응급실체질인가 봐요. 같이 일하는 선생님들도 너무 좋고, 뛰어다니고 날아다니는데 보람을 느끼고 있어요. 물론 일하면서 화가 나거나 너무 힘들 때도 있지만 아직 보람이 좀 더 큰 편이에요.

독립하기 전 기분과 독립하고 난 후?

솔직히 독립 전엔 불안감이 큰 것 같아요. 아니 이 일들을 내가 혼자 해야 한다고? 봐주는 프리셉터 선생님도 없이? 이런 부담감이 컸지만 '어떻게든 되겠지 될 대로 되라지' 이런 마인드였던 것 같아요.

독립 초반에는 어떨 수 없이 액팅이 느리기 때문에 선생님들이 힘들어하시는 모습보고 좀 맴찣. 빨리 업무적응해야겠다 속도 좀 늘려야겠다 생각했는데 역시 모든 건 시간이 해결해 줍니다. 지금도 물론 어려운 상황은 있지만 그래도 나름 척척 해나가는 중이에요.

2-1 독립하고 나서 업무 익숙해지는 데까지 시간?

사실 아직도 완벽하진 않고 배워야 할 것도 너무 많지만 일단 기본 루틴업무만 쳐낸다고 하면 3개월 정도 지나면 큰 걱정 없이 일은 적응되는 것 같습니다.

응급실의 장/단점

학생 때 사실 응급실 제일 많이들 가고 싶어 하는데 아무래도 미디어에 많이 노출되어 미지의 영역 같은 느낌도 있고, 특수파트가 멋져 보이는 효과 때문인가 현실은 선생님들 기피하는 제일 바쁜 부서.

장점이라고 한다면 환자를 빨리 뺄 수 있다. 병동이나 중환자실은 같은 환자를 오래 봐야 한다면 응급실은 환자순환이 빠르다는 점. 또 많은 케이스와 환자를 볼 수 있다는 것 + 다양한 핵심술기를 하기 때문에 업무적 스킬이 향상된다는 것 + 의사 선생님이 응급실에 상주해 있어 즉각적인 처치와 오더를 받을 수 있다는 점.

단점이라고 한다면 정말 많은 케이스와 환자를 볼 수 있어 인류애가 점점 사라짐 + 항상 폭력과 감염등 위험에 노출되어 있음 + 응급실 침대수는 정해져 있지만 받는 환자수는 정해져 있지 않음 + 바쁠 때는 진짜 한도 끝도 없이 바쁨 + CPR이 일상이 됐어요.

제일 기억에 남는 환자가 있다면?

별의 별일이 많이 일어나는 게 응급실이라
self line remove 해서 피 뚝뚝 흘리면서 나오는 사람들도 있고
폴대로 응급실 휘둘러서 컴퓨터 세대 부셔먹은 분도 있었다.

Mental alert 하지 않거나 치매환자를 처치하다가
내가 맞는 경우도 허다하다.

뉴스에서 병원 인근에서 사고가 났다 하면 어느 병원으로 갈까
병원이랑 지역사회랑 연계되어 있는 걸 느낀다.

화재현장에서 이송되어 오신 분들도 계셨고
전신화상 입거나, 자살시도하다 오신 분들, 약을 드시고 오신 분 등
환자 한분 한분 올 때마다 그들의 사연도 같이 따라온다.
치료가 선택이 아니라 삶 자체가 되는 분들을 간호하면서
건강의 중요성을 다시금 깨닫는다.

데이/이브/나이트 어느 근무가 좋은지?

개인적으로 제일 힘든 근무는 데이. 아침 일찍 일어나서 준비해야 하기도 하고 환자도 제일 많이 받기 때문에 칼퇴하기도 힘들고 업무가 제일 많다. 그리고 데이첫날은 담날 일찍 일어나야 된다는 부담감 때문에 잠도 잘 안 온다.

그나마 나은 건 이브닝. 아침시간이 여유 있고 밥도 잘 챙겨 먹고 나갈 수 있다. 물론 데이 이브닝 교대할 때가 제일 정신없고 바쁘기는 하지만. 사실 어느 듀티나 환자 많고 정신없는 건 매한가지 복불복이다.

한 달에 나이트는 몇 번?

제일 적었던 달은 3개 평균적으로 6-7개

한 달에 오프는 몇 개?

달마다 편차가 있지만 8-12개

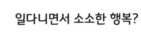

일다니면서 소소한 행복?

일단 제일 소중하고 빼놓을 수 없는 동기들. 서로의 마음을 제일 잘 알아주고 서로 공감하는 바가 많아서 친해지고 돈독해질 수밖에 없다! 듀티가 안 맞아서 만나기 힘들긴 하지만 일 끝나고 같이 맛있는 거 먹으러 가는 것만큼 행복한 일도 없다. 그리고 병원선생님들과 소통. 일 잘한다 칭찬해 주실 때. 스윗한 선생님들이 너무 많아서 하루하루 감동받으면서 일하는 중이다.

오프 때 뭐하는지?

ESFJ라 진짜 너무 피곤하면 집에서 기절하지만
거의 웬만하면 집 밖에 나간다. 대학동기들이랑 친구들 만나서 맛난 거 먹으러 가기도 하고 독립하자마자 내가 배우고 싶었던 베이스 학원등록해서 다닌 지 벌써 네달째! 이젠 전보다 곡도 좀 치고 스킬도 늘어가는 중이다. 복잡스러운 응급실 끝나고 조용한 연습실 들어가서 연습하면 그거만큼 또 힐링도 없다.

그리고 일 벌이는 거 좋아하는 나는 엔클렉스 공부를 시작했다.
올해 목표 엔클렉스 합격하기

In my back (일하면서 필요한 물품)

맨날 사도사도 없어지는 내 볼펜들(삼색볼펜, 목걸이 볼펜, 네임펜), 약물 다 들어가면 막는 male cap, 병원 입출입에 필요한 사원증, 채혈 후 지혈을 도와줄 종이테이프, 뛰어다니기 편한 크록스, 퇴근까지 얼음이 남아있는 텀블러, 압박스타킹.

제일 많이 하는 핵심술기

응급실은 핵심술기의 꽃이라고 할 만큼 학교에서 배웠던 모든 술기를 사용한다! 일단 채혈하는 건 기본이고, 단순도뇨, 유치도뇨, 관장, 기관 내 흡인, 모니터적용, 피내/피하/근육/정맥 주사 등. 하지만 한 가지 다른 점은 학교에서 연습할 땐 절차만 지키면 되지만 실전은 극한상황에서도 술기가 이뤄진다는 것. 혈압이 낮아서 혈관이 진짜 없거나, 검사를 해야 하는데 체위변경이 어렵다거나 이럴 땐 일하면서 땀이 삐질삐질 난다.

일하면서 뿌듯한 점

환자순환이 빠른 응급실이지만 치료 협조가 잘될 땐
짧은 순간 라포가 형성되는 경우도 있다.
그땐 정말 마음에서 우러나와 환자의 쾌유를 빌게 된다.
'아프지 말고 빨리 나아서 퇴원하세요'

한 번은 할머니께서 갑자기 "간호사님 이름이 뭐예요" 하면서
사원증을 휙 보시길래 정말 긴장했는데
"내가 칭찬간호사로 추천하려고" 말씀해 주셨다.
진짜 바쁜 날이었는데 내가 하는 일에 보람을 느끼며
기분 좋게 퇴근할 수 있었다.

병원의 3월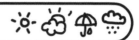

3월은 새 학기의 시작이라 왠지 모르게 설레는 마음과 내리 쬐는 햇빛까지 모든 게 기분 좋은 출근길이었다. 이제 진짜 봄이 오나 보다. 일처음 다닐 때는 새로운 생활패턴에 맞추느라 오키로는 훌쩍 빠졌었는데 익숙해져서 다시 몸이 느슨해져 가는 중이다.

3월의 첫 근무. 새로운 신규선생님들의 얼굴도 보이고, 인턴 선생님들도 모두 새로 오셨다. 시작에 동반될 수밖에 없는 서름. 기존의 멤버에 변화가 있으니 적응까지는 또다시 시간이 필요할 것 같다. 나 또한 서름이 있었고 선생님들의 배려가 있었기 때문에 교육을 마치고 어엿한 일 인분을 할 수 있게 되었으니, 업무 로딩과 부담이 생겨도 어느 정도는 내가 다시 감수해야겠지.

맨날 막내만 하던 나에게 신규선생님이 들어온다는 건 그만큼 내 포지션이 한 단계 올라간다는 거고 그 말은 즉슨 더 많은 공부가 필요하다는 것이다. 나도 모르게 신규 때 적었던 수첩을 주섬주섬 꺼내 보기 시작했다. 신규의 입장일 때는 어떻게 잘 적응하지? 업무를 어떻게 해야 하지? 뭘 공부해야 하지?라는 마음이었다면 지금은 신규선생님들이 뭘 물어볼까? 내가 잘 대답을 해주고 알려줄 수 있을까?라는 고민으로 바뀌었다.

너무 고된하루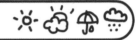

나이트근무하고 패턴이 바뀌어서 새벽 세시만 되면 마법처럼 눈이 떠지는 일상을 보내고 있다. 이브닝 끝나고 집에 와서 피곤해지쳐 쓰러져도 마법처럼 정확히 새벽 세시가 되면 눈이 떠진다. 그렇게 세 시간 남짓 쪽잠을 자고 다음날 이브닝 오후 두 시 출근까지 한숨도 못 자고 출근을 했다.

피곤한데 잠은 못 자서 심장이 귀에 울릴 만큼 콩닥콩닥 뛰었다. 삼 교대하면서 더 자면 더 잤지 이렇게 잠 설쳤던 적이 없었는데 불면증이 나날이 심해지고 있다. 그렇게 출근을 했더니 동기가 "표정이 안 좋아 화났어?"라며 물었다 "아니 잠을 못 자서 너무 피곤해"라고 말을 떼기 무섭게 "10분 뒤 CPR이요" 오늘 하루도 쉽지 않겠다 생각했다. 환자는 DOA(=dead on arrival) 도착 시 사망으로 상황이 일단락되고 잠시 폭풍 전 고요가 있었다.

잠깐 의자에 앉아 숨 고를 틈도 없이 저 멀리서 비명소리가 들렸다. 다 같이 깜짝 놀라서 CPR 룸으로 부리나케 달려갔고 나는 내 눈을 의심치 못했다. 이제 겨우 돌 지난 아기가 머리에 피를 흘리며 누워있었다. 성인 CPR은 많이 했어도 소아는 처음이었기에 의사 선생님과 시니어 선생님의 주도하에 상황이 진행되었다.

성인과 절차는 비슷해도 영유아의 경우 사용하는 도구의 크기, 약물의 용량, 적용되는 모드가 완전히 다르기 때문에 더 까다롭고 주의해야 할 것도 많았다. 손바닥보다 작은 기구들을 사용해 그것보다 더 작은 아이를 살리기 위해 고군분투했다. 라인을 잡고 인공기도삽관을 하고 그 마저도 너무 작아 기도삽관 시 시야확보가 어려웠고 삽관을 해도 금방 또 빠져버려 몇 차례 반복했다. 모든 과정과 절차가 행여 하나라도 다치고 손상될까 조심스레 또 빠른 속도로 진행되었다.

저 멀리 서는 부모의 울음소리가 터져 나왔다. 교수님과 간호사 선생님들은 아이의 v/s을 정상수치로 만들기 위해 무던히 애썼다. 그렇게 혈액검사를 하고 brain CT를 찍고 두개내압을 낮추기 위해 약을 쓰고 인공호흡기를 달고 중심정맥관을 잡았다. 응급실에서 할 수 있는 모든 처치를 마치고 나는 누구보다 빠른 속도로 침대 채 아이를 수술방으로 이송했다. 수술방을 나오는 길에 의사 선생님이랑 기운이 쏙 빠진 모습을 하고 '수고하셨습니다' 한마디 하고 나서야 졸였던 마음을 한숨 돌릴 수 있었다.

누구보다 열심히 뛰어다녔지만 접해보지 못했던 케이스에 허둥지둥 댔던 내 모습이 떠오르며 신규 때 느꼈던 실망감과 무력감이 물밀듯 밀려왔다. 피곤하고 지친 몸을 이끌고 속상한 마음을 달랠 길이 없어 집에 돌아오는 길에 맥주 한 캔을 샀다.

오늘 하루도 이렇게 지나갔다 너무 고된 하루였다.

걱정에 지쳐 쓰러지기 쉬울 때는
열심히 일하는 순간이 아니라 일과를 마친 다음이다.
그때가 되면 우리의 상상력은 천방지축 날뛰고,
터무니없는 공상을 떠올리게 하며, 사소한 실수를 과장해서 보여준다.

그 결과 우리의 정신은 부하가 걸리지 않고 작동하는 모터처럼,
베어링을 태워버릴 듯이 심지어는 산산조각을 낼 듯이 돌아간다.
걱정을 치료하는 방법은 건설적인 일에 몰두하는 것이다.

- 컬럼비아 사범대학 교육학과 제임스 머셀 교수 -

응급실에서 만난 죽음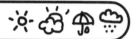

응급실 간호사를 하면서 수도 없이 많은 죽음을 목격했다. 모든 죽음의 끝이 그리 아름답진 않다. 치료를 받다가 돌아가시면 삽관되어 있는 모든 기구를 제거했다. 정맥주사로 들어가는 바늘을 빼고, 소변줄을 빼고, 인공호흡기를 떼고. 그리고 모든 구멍으로 나오는 분비물을 거즈로 막고, 몸에 묻은 피를 닦아냈다. 마지막으로 환의로 갈아입히고 큰 시트로 몸을 감싸 죽음의 문턱에서 가족들과 면회할 시간을 마련했다.

목격한 죽음 중 가장기억에 남는 분이 있다. 심정지로 오신 엄마뻘되는 아주머니였다. 수산물 시장 같은 곳에서 일하시는 건지 비릿한 냄새와 함께 앞치마를 매고 돈가방을 허리에 두르고 계셨다. 삶의 모든 흔적이 고스란히 남아있었다. 자식을 키우기 위해 얼마나 애썼을 것이며, 오늘 자신이 해야 할 일을 감당하기 위해 일터로 향했을 것이다. 나는 그녀의 죽음에 환의를 갈아입히며 숙연해질 수밖에 없었다. 그저 내가 할 수 있는 거라곤 '이번생도 고생 많으셨습니다. 부디 좋은 곳으로 가세요. 삼가고인의 명복을 빕니다' 속으로 그녀의 평안을 비는 것뿐이었다.

불면증 ☀ ⛅ ☔ 🌧

불면증이 나날이 심해지고 있다. 몇주 가까이 하루에 겨우 한두시간의 수면으로 삶을 지탱하고 있다. 몸은 너무 피곤한데 잠은 오지 않으니 미칠노릇이다. 한참을 불면증에 시달리다가 어차피 못잘거면 책이라도 읽자하고 책장을 뒤적거렸다. 어렸을 때부터 기록을 일삼던 나는 책장에서 우연히 나에게쓴 편지를 발견했다.

나는 내 꿈을 포기한게 아니다
다만 미래를 보고 조금 돌아가는 것 뿐이다
조급해하지마라
성급해하지마라
그리고 증명해보여라

너는 10년뒤에
네가 원하는 심리학과 정신의학공부를 하고
중간에도 직업은 절대 포기하지마라

많은 사람의 이야기를 들어주고
많은 사람이 너와 이야기를 나누고 싶어할만큼
그만큼의 능력을 너 스스로 만들어 나가라
아직 끝이 아니다

다만 나는 이제 사회로 가기위한
첫걸음을 떼고 있는 것 뿐이다.

누구보다 멋진 삶을 살길 바란다

2016.10.18. 고3 수능을 한달 앞두고

그때의 나는 무슨 태도로 삶을 대하고 있었을까
여전히 나는 치열하게 살아가지만
칠년전 나 스스로에 대한 자기 확언을 보니
생각보다 담담하고 굳건한 아이였을지도.

6개월 차 슬럼프

　3.6.9는 진리라고 했던가 선생님들한테 항상 열정 가지고 밝은 모습으로 일하는 게 보기 좋다 들었던 내가 6개월 차 슬럼프가 왔다. 슬럼프가 온 계기는 딱히 없는데 반복되는 일상 속에서 약간의 무력감이랄까. 확실히 전과는 다른 텐션이다. 소속된 곳에서 오롯이 나로서 존재하고 싶어 120%로 달려오다가 어느 날 방전되었다. 일이 전부가 되고 점점 내가 사라질 무렵 내가 무엇을 할 때 행복하고 좋아했는지 아득하게 느껴졌다.

　나랑 비슷한 시기에 입사한 동기가 그만둔다는 소식을 듣고 나서부터일까? 아니면 업무부담이 더 가중된 탓일까? 유튜브에 퇴사라는 키워드에 영상은 항상 많은 조회수를 기록한다. 직장을 다니고 반복되는 쳇바퀴 속에서 다른 사람을 통해 조금이나마 홀가분함을 느끼고 싶어서일까. 요즘 내가 꽂힌 혁오에 [큰 새]라는 곡이 있는데 '커버런 새에'라는 해석을 듣고 다시금 빠져들었다.

반복의 반복을 더해야 해

아쉬워라 말하진 않을 거야

아 이렇게 지내다 옆을 보니

이젠 다 크고 살기 바빠 어른놀이를 하네

쉬어도 쉴 틈은 없어야 해

오늘도 무사히 잘 넘겨야 해

어른놀이하고 있는 요즘.

매너리즘.

사실 고민의 경중은 내가 결정하는 것이기에 내가 문제 삼으면 문제가 되고 문제 삼지 않으면 문제가 되지 않는다. 그러니 문제라는 풍선에 바람을 불어 최대한 가볍게 만들어 날려버리는 건 내 몫이겠지.

달라진 건 나일까 환경일까
처음에는 정말 사소한 것에도 행복하고
모든 게 신기했는데
지금은 뭘 해도 풀리지 않는 만성피로에 휩싸여
만사가 피곤한 날이 수두룩하다.

어떻게든 이 알 수 없는 오락가락한 기분을
해결하고 싶어 무작정 예매한 기차표
여행에서 답안지를 찾을 수 있었으면 좋겠다.

이상 오늘의 주절주절

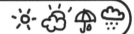

드디어 쓰나 끝. 나이트를 끝내고 곧바로 부산으로 향하는 기차를 탔다. KTX와 무궁화 중 더 눈을 길게 붙일 수 있는 무궁화호를 선택했다. 항상 더 빨리를 선택하는 한국인에게 일부러 느림을 선택하는 게 꽤 모순적이었다. 5시간 걸려서 부산에 도착하였다. 자다 깨다 바깥 풍경에 매료되었다가를 반복하며. 기차 안 조금씩 들리는 경상도 사투리. 창밖너머로 보이는 벚꽃잎들.

기차에 몸을 싣기 전 나보다 먼저 입사해서 1년 채운 동기와의 대화가 머릿속에 맴돌았다. "처음에는 일이 손에 안 익어서 힘든 건 줄 알았는데 다니면서 하는 업무의 범위가 넓어질수록 또 다른 버거움이 기다리더라." 신규 때는 어떻게든 적응 잘해서 업무만 잘하면 되겠지라는 생각이었는데 일이 좀 속에 익으니 또 다른 버거움으로 하루하루를 견뎌내고 있더라.

여행의 묘미는 평소엔 보이지 않던 게 보이고 당연시 여겼던 것들이 생소해지는 것. 역시 사람은 종종 떠나야 한다는 걸 느꼈다. 이바구길 168 계단 원래 모노레일 타고 올라가려 했는데 하필 정기점검 중이라 걸어서 올라갔다. 커다란 배낭을 메고 가파른 오르막길을 오르니 중간에 숨이 차서 잠시 쉬었다.

'맞아 힘들면 잠깐 쉬다 가면 되지'

병원생활은 사람의 한계가 어디까지인지 시험하는 것 같다.
벼랑 끝으로 몰아넣고 이거 할 수 있겠어? 의료인력대비 환자가 너무 많은데 어찌어찌해내니 극한의 상태에서 무한반복되는 쳇바퀴.

일 끝나고 퇴근하는 버스 안에서 선배선생님과 이런저런 얘기를 나눴다.

"선생님은 슬럼프 온 적 없으세요?" "나도 있지"

나의 상황을 먼저 겪었을 선생님께 나의 이야기와 상황을 털어놓았다.

대화 속에서 완전한 해답을 찾진 못했지만 마음이 한결 가벼워졌다.

누구나 너무나 당연하게 슬럼프가 한 번씩 왔다 지나가고

모든 건 시간이 해결해 준다는 선생님의 말 "같이 잘해보자"

처음에는 내 힘듦을 누구한테 말하는 것도 주춤했는데

역시 사람은 자기를 표현하고 살아야 한다 느꼈다.

"좋으면 좋다! 힘들면 힘들다! 말해 원래 자기가 제일 힘든 법이야"

우리는 모두 관계 속에 연결되어 있고

그 해결책 또한 그 관계가 답이 되곤 한다.

여전히 상황은 힘들고 쉽지 않겠지만

그래도 나와 같은 길을 걸어가 주는 사람들이 있어 든든하다 느꼈던 하루.

고민이나 걱정거리가 생기면

가까운 사람에게 나눠보면 어떨까 생각해 본다.

다들 그렇게 사는 거지 뭐

비 온 뒤 맑음, 유쾌해지자 명랑해지자

무거운 얼룩들로 가득한 삶을 살기엔 인생이 너무 아깝다.

나의 다짐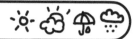

일과 집을 반복하다 보면 알록달록했던 삶이 어느 순간 흑백으로 변해간다. 쳇바퀴 돌아가는 평범한 하루일수록 찰나의 순간을 기록하려 노력한다. 오늘 먹은 음식 한 장, 오늘 읽은 책 한 구절, 메모장에 일기 한 줄. 잠시의 번거로움이 오래도록 기억될 하루를 만든다. 최근 들어서는 하루에 감사한 일 세 가지를 적는 연습을 한다. 오늘 하루는 또 어떤 일에 감사할까 찾는 연습을 하면서 흑백처럼 느껴졌던 삶에 색을 하나씩 덧칠한다. 1분의 투자로 하루도 특별하지 않은 날이 없다는 것을 경험하고 생각날 때마다 항상 메모장을 켠다. 이렇게 일주일을 모아보면 얼추 그럴듯한 그림이 완성된다. 오늘 쓴 문장 세줄이 삶의 어두운 터널을 지날 때 빛을 비춰줬다. 불평을 내뱉는 것은 너무 쉽고, 불평을 삼키고 감사함을 찾는 일은 어렵다. 쉬운 일을 뒤로하고 어려운 일을 택하기로 결심한다.

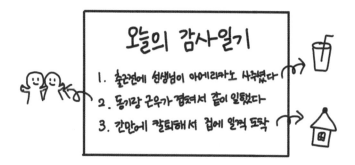

경력 9개월 2년차 간호사

하루하루는 길지만 한 달은 후딱 가고 눈감았다 떴더니 벌써 병원에 몸담은 지 9개월이나 되었다. 오늘도 여느 때와 다름없이 침대에서 5분만 10분만 더 하다가 무거운 몸을 이끌고 출근길에 나섰다. 빡빡한 삶에서 조금의 힐링시간은 버스에서 에어팟 끼고 노래 듣는 시간이다. 출근할 때는 활기찬 노래를 많이 듣고 퇴근할 때는 지쳐서 세상 잔잔한 노래를 듣는 편이다.

병원에 들어서면 내 귀에서 흘러나오는 신명 나는 노래와는 전혀 상반된 풍경을 보며 이질감을 느낀다. 여러 진료과와 외래를 보기 위해 대기하는 환자들 차트 들고 바삐 움직이는 인턴, 레지던트, 전문의, 각자 구역에서 일하는 간호사, 보안선생님, 사원님들, 침대와 휠체어에 의존해 움직이는 환자들까지.

탈의실에서 근무복으로 갈아입고 목에 사원증을 매고 응급실에 발을 내딛는 순간부터 순탄치 않았다. 중증구역에 깔린 환자들이 생과 사를 오가고 있었다. 출근하자마자 선생님과 돌아가신 분의 사후처치를 진행했다. 몸에 달려있는 모든 관들과 수액을 빼고 큰 시트로 몸을 감쌌다. 이후 빈자리에 곧이어 환자가 들어왔고 모니터를 붙여도 맥박과 산소포화도가 촉지 되지 않더니 곧이어 "CPR 이요"

모든 선생님이 환자 주변에 빙 둘러 각자 자신의 일을 하기에 분주했다. 라인을 잡고 기관 내 삽관을 준비하고 심장 압박을 하고 심전도를 확인하면서 모든 과정을 기록했다. 그렇게 처치를 이어가다 30분쯤 흘렀을까 결국 환자는 사망했다. 주변에 있는 보호자와 가족들은 울음을 터뜨렸다.

　내가 학생일 때 응급실에서 실습했을 때는 나도 모르게 환자와 가족 입장에 감정이입이 됐었는데 CPR을 하는 중에도 끊임없이 다른 환자들의 컴플레인과 밀린 처치를 해야 하기 때문에 임상에선 감정을 담는 시간조차 주어지지 않는다. 그렇게 두 번째 사후처치를 마치고 격리방에 고인을 모시고 가족들과 보낼 시간을 드렸다.

　이윽고 몇 시간 뒤 고유량 산소를 달고도 산소포화도가 간당간당 최고가 70% 한번 내려갈 때는 40%까지 내려가는 환자가 있었다. 기도 내에 있는 분비물 제거 후 수치가 조금 올라가는듯하더니 결국 내 듀티를 넘기지 못하셨다. 저승사자가 병원에 왔다간 날. 그렇게 한 듀티에 사후처치만 세 번을 했다.

이런 긴박한 긴장감이 일하는 내내 계속되면 퇴근할 때는 기진맥진되어 퇴근버스 안에서 나도 모르게 기절한다. 이런 하루가 하나둘 쌓이고 이리저리 치여 삶의 활력이 고갈되어 가던 중 평소와 다름없는 일상에서 해답을 찾았다. '몰입'

일 끝나고 지친 몸을 이끌고 기어코 베이스 연습하러 갔는데 시간 가는 줄 모르고 연습했던 그 몇 시간 동안 나는 상상이상의 만족감을 느꼈다. 나는 내가 몰입하는 것을 사랑한다. 공부를 할 때 악기를 연주할 때 시간이 어떻게 흐르는지도 모르게 오로지 나에게 집중할 수 있는 시간.

항상 해외에서 공부해보고 싶은 욕심이 있었는데
당장은 어려우기 차근차근 공부하기로 결심하면서
엔클렉스를 준비하게 되었다.

지금은 모든 서류를 제출하고 시험허가 승인받기를 기다리는 중.
언제쯤 승인받고 시험을 볼 수 있을진 모르겠지만 시작이나 해보지 뭐

'미래의 나에게 더 좋은 것을 선물해 줄 수 있도록'

이상 두서없는 9개월 차 일기장

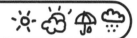
처음 블로그를 시작하게 된 계기는 취업을 앞두고 나만의 포트폴리오를 만들어보자라는 마음이었다. 내가 했던 과제를 공부했던 내용을 하나둘씩 올리다 보니 자연스레 공통관심사를 가진 사람들이 모였고, 내가 걸어온 발자취를 남길 수 있는 공간이 되었다. 반복된 일상에 꾸준한 게시물로 평범한 일상에 신기한 일들이 생기기 시작했다. 국가고시를 준비하면서 올렸던 게시물에 스터디카페 사장님이 나에게 간식보따리를 건네기도 하고, 전공과 관련된 서적을 먼저 접해볼 기회를 얻기도 했다. 그중 가장 기억에 남는 일은 신규간호사 때 올린 나의 일기장을 보고 간호사 커뮤니티인 [간호사 타임스]에서 인터뷰 의뢰가 온 것이다. 부족한 경력과 글솜씨지만 감사한 제안을 승낙하고 담당자와 연락이 닿아 질문지를 보내주셨다.

[인터뷰] 신체의 영역까지 관심이 확대되어 '사람을 돌보는 일'을, 응급실 박소정 간호사

Q1. 자기소개 / Q2. 간호학과 진학 계기와 간호대학 시절 힘들었던 점/아쉬웠던 점 / Q3. 응급실 지망 이유 / Q4. 파트의 분위기와 업무 패턴 / Q5. 다양한 진료과와 응급간호에 대한 어려움 / Q6. 어려움을 느끼는 부분과 극복 방법 / Q7. 응급실 폭언, 폭행 누출과 관련된 경험과 생각 / Q8. 응급실 간호사를 꿈꾸는 후배들에게 / Q9. 앞으로의 계획

다음 질문에 대한 답변은 QR을 통해 확인해보세요 :)

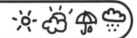
베이스는 나의 도피처였다. 시끌벅적한 응급실에서 빠져나와 악기와 나만 남아있는 조용한 연습실로 가는 것만으로도 마음이 한결 편안해졌다. 악기연주에 몰입하는 건 삶을 지탱하는 원동력이 되어 연습하러 갈 시간이 있는 데이, 나이트 근무만 기다렸다. 베이스를 배운 지 일 년이 지나고 연습량이 많아지자 다른 악기들과 합을 맞춰보고 싶다는 꿈이 생겼다. 삼교대하면서 밴드 활동하기란 쉽지 않아 엄두도 못 내다가 지금이 아니면 정말 못할 것 같다는 생각에 서둘러 프로젝트 밴드를 신청했다. 공연을 위해 두 달 전부터 공연날짜에 맞춰 오프신청을 해야 스케줄을 맞출 수 있었다. 그렇게 나의 첫 밴드 활동이 시작됐다. 나이트 퇴근으로 OT날 내가 참석하지 못해 <추후공지>로 작성해 제출한 게 우리의 활동명이 되었다. 보컬, 키보드, 일렉기타, 베이스기타, 드럼. 일곱 명이 각자 역할을 맡아 두 달 동안 일주일에 한 번씩 합정에 모여 합주를 시작했다.

공연 4곡을 정하고 15-20분 남짓한 무대를 만들기 위해 많은 대화를 나눴다. 곡 편곡은 어떻게 할 것인지, 노래의 순서는 어떻게 구성해 흐름을 끌고 나갈 것인지, 중간에 세션 소개는 어디에 넣을 것인지, 무대와 의상 콘셉트는 어떻게 잡을 것인지. 한 무대를 준비하는데 결정할 것이 수없이 많았다. 그렇게 매주 우리는 하나씩 쌓아나가며 각자의 파트를 연습하고 모여서 합주의 완성도를 높여갔다. 한 번은 연습이 끝나고 한강에 돗자리를 펴고 동그랗게 둘러앉아 기타 치면서 노래 부르며 놀기도 하며 일에 치친 나에게 밴드활동은 더 없는 해방감을 안겨주었다. 하고 싶은 일을 위해 잠도 줄이고 끼니를 거르는 날도 수두룩했지만 음악에 대한 갈증을 잠시나마 해소시킬 수 있었던 시간이었다. 이렇게 또 음악해 볼 수 있을까 생각이 들 만큼 지박령 해놓고 음악얘기만 나누고 싶었던 멤버들. 그렇게 합정은 나의 추억의 장소가 되었다.

공연 당일. 그동안 연습했던 노력의 결실을 맺는 날이다. 공연 전 리허설 무대에 올라 음향도 확인하고 피드백하며 합을 맞춰나갔다. 오늘만 지나면 공연 끝으로 더 이상의 정규연습이 없다는 사실에 조금 아쉽기도 했다. 본 공연 전 스테이지 뒤에서 우리의 손을 하나로 포개 다 같이 외쳤다. '추후공지 파이팅' 내 악기를 들고 처음으로 서는 무대. 무대로 비치는 조명과 터질 듯이 울리는 악기 소리들. 수많은 관중과 응원소리들. 내가 잘했다 여겨지는 선택들 중 손가락 안에 드는 짜릿하고 행복한 순간이다.

NCLEX 미국간호사 도전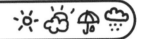

　내가 대학에 진학한 이유는 두 가지였다. 간호사면허 취득 후 내가 하고 싶은 일을 위한 자본금을 마련하는 것. 또 다른 하나는 한국이 아닌 타지에서 어학연수 하는 것. 은연중 계속 꿈을 꾸면 이뤄진다고 했던가? 대학교 1학년 겨울. 학교에서 주최하는 프로그램을 통해 미국 맨해튼으로 어학연수 다녀올 기회가 생겼다. 어쩌다 보니 한국 병원보다 미국 병원을 먼저 견학했다. 내가 보는 것과 아는 것이 전부인 줄 알고 살았는데 몰랐던 또 다른 세계가 열렸다. 이 계기로 나의 꿈은 어쩌면 점점 더 선명해졌다.

　처음 공부를 시작하자 마음먹었을 때 조용한 방 한가운데서 종이 한 장을 꺼내놓고 책상 앞에 앉았다. 그리고 '내가 공부해야 하는 이유'에 대해 나열했다. 그렇게 교대근무와 병행하며 시험을 준비했다. 아무것도 몰랐을 때 넘쳤던 자신감이 공부를 하면 할수록 부족한 게 느껴지고, 공부시간은 여유치 않고, 시험 날짜는 가까워져 왔다. 아이러니하게도 모를수록 용감하고 알면 알수록 나의 부족함이 커 보였다. 그렇게 세달동안 아무도 시키지 않은 수험생활을 이어나갔다.

"내가 공부해야하는 이유"
1) 병동근무 마지막 연봉 (23.03.29)
2) 나의 해방일지 (24.02)
3) 타인 <자의 인정
4) 미래의 나에게 어떤 선물을 줄까
5) Another level
6) 선택과 집중
7) 도터 <발전
Finally I did it 아깝드
83 나비가 되려면 일단 번데기!
썬 알을 깨고 나오기위해 투쟁

이브닝 근무가 끝나면 곧바로 스터디카페로 향했다. 일이 고될수록 스트레스가 많아질수록 내 공부의 원동력이 되었다. 일 끝난 직후 너무 피곤할 땐 책상에 기대 십분 눈 붙이고 졸음과 싸우면서 새벽까지 공부를 이어 나갔다. 공부를 끝내고 텅 빈 스터디 카페에서 마지막까지 자리를 지켰다. 해 뜨는 걸 보면서 아무도 없는 횡단보도를 걸 널 때면 나름 치열하게 살아가고 있다는 생각이 든다. 이런 반복되는 날들은 생각보다 더 지치고 하루가 다르게 면역력이 떨어졌다. 학업과 일을 병행하기란 결코 만만한 일이 아니었다. 최대 5시간 동안 최소 85문제에서 최대 145문제를 풀어야 하는 미국간호사 시험. 한국 간호사 국가고시와 내용은 비슷했지만 조금 더 임상현장에 관련된 내용이 주가 되었고 문제와 문항 모두 영어로 제시되었다.

'고생 끝에 낙이 온다'

나의 고됨과 간절함을 알아주기라도 하듯 미국 간호사 시험에 합격했다. 그렇게 2023년 4월 4일 간호사 면허가 두 개가 되었다.

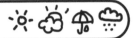

5 OFF를 신청했다. 이미 지치고 찌들 대로 찌든 내 인생에 워라밸은 개나 줘버린 내 빡빡한 스케줄 틈 속 삶의 분기점이 필요했다.

일을 시작한 후로 한 번도 받아본 적 없는 장기오프에 나는 서둘러 비행기표를 예매했다. 혼자 해외여행이라니 나 꽤 어른 같네라는 웃긴 생각과 두려움과 설렘이 공존했다.

처음 밟는 땅에서의 모든 경험에 나는 서툴렀다. 길을 찾다 헤매기도 하고, 날씨요정 따윈 저리 날아가 버렸는지 비가 쏟아지고, 광둥어 따위 할 줄 모르는 외계어 같은 말들 가운데서 서툰 영어와 몸짓으로 대화를 이어나갔다. 모든 걸 완벽하게 해내려는 내 마음도 어쩌면 나의 오만이 아닐까.

나를 웃음 짓게 하는 일도 있었다. 여행 온 가족이 한 앵글에 같이 사진 찍히려 옹기종기 모여있는 모습, 편의점 사장님이 건넨 한국말, 재즈바에서 남들 시선 따위 신경 쓰지 않고 흥에 맞춰 춤을 추던 아주머니.

현재, 아니 어쩌면 과거가 되어버릴 지금
남들은 청춘이라 부르는 더없이 소중한 세월 중에
세상에 내 뜻대로 되는 일 하나 없지만 전래동화처럼
'오래오래 행복했습니다'는 아니어도
'오늘 하루 행복한 일 하나쯤은 있었습니다'하는 마음으로 살기를

글을 마치며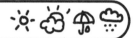

포털 사이트에 신규간호사를 치면 퇴사, 응급사직, 탈임상과 같은 수식어가 따라붙는다. 병원간호사회의 병원간호인력 배치현황 실태조사(2023)에 따르면 간호사의 1년 이내의 퇴사율이 57.4%로 해마다 증가하고 있다. 실제도 내 주변만 둘러보아도 절반 이상이 퇴사하여 병원을 옮기거나, 다른 직종으로 전환하는 게 일반적이다. 반면에 병원에 계속 머무는 간호사 선생님들을 보며 '강해서 버티는 게 아니라, 버티면서 강해진다'라는 말에 동의한다.

간호사는 확실히 3D(힘들고 difficult, 더럽고 dirty, 위험스러운 dangerous) 업종이었지만 응급실 간호사로서 내가 할 수 있는 일이 있다는 것에 즐거웠다. 그럼에도 병원에서 일하면서 가장 서러웠던 점은 인간의 기본적인 욕구를 모두 저버리고 일하면서도 돌아가는 쳇바퀴의 부품쯤으로 여겨지는 것이었다. 병원에서 근무해 보지 않은 사람이라면 간호사 사직률을 보고 '요새 애들은 힘든 걸 버티는 능력이 없어'하며 단정 지을 수도 있다. 어쩌면 절반은 맞을지도 모른다. 사회가 정해준 삶의 기준을 내려놓고 뛰쳐나왔으니. 하지만 통계자료의 결과를 보고 한 번쯤은 이러한 결과를 초래한 근원적인 문제에 대해 생각해 볼 가치가 있다고 생각한다. 여전히 과다한 업무와 부적응, 법적 업무 범위의 불확실함, 장시간 근로의 이유로 많은 간호사가 임상을 떠나고 있다.

병원에 입원을 하거나 보호자가 되어 본 경험이 있나? 아마 치료의 모든 과정 중에 간호사가 있을 거라 장담한다. 수술이나 시술, 처방 및 검사결과 확인 같은 큰 부분부터 외래예약, 서류발급, 식이 및 자가약 확인과 같은 일까지 간호사의 손을 거치지 않는 것이 없다.

환자의 컨디션을 가장 옆에서 지켜보는 사람. 나는 간호사 선생님들을 존경한다. 한국 의료체계에서 간호사로 서기까지 얼마나 많은 노고가 있는지 눈으로 지켜봐 왔기 때문이다. 한창 코로나로 인해 의료진의 위상이 잠시 높아졌지만 잠시였다. 사회적 문제로 인해 재직 중인 간호사는 무급휴가 권고받고 아직 입사하지 못한 웨이팅간호사 증가로 취업도 점점 어려워지는 추세이다. 이처럼 사회의 흐름에 따라 간호사는 설 자리를 잃어가며 업무 범위 또한 점점 더 모호해지고 있다.

간호사의 업무환경은 본질적으로 환자의 안전과 직결된다. 그리고 그 환자는 나의 가족 혹은 우리의 이웃이 될 수도 있다. 간호계에 발을 들인 지 얼마 되지 않은 간호사 중 한 명이지만 적어도 간호사의 업무범위의 명확성과 기본적인 생활이 보장되는 환경에서 근무하며 환자를 돌볼 수 있는 날이 오길 소망하며 글을 마친다.

번외

처음 이 글을 쓰기로 마음먹은 건 꽤 오래전의 일이었다. 입사 하루 전 2021년 8월 31일. 나는 평소에 모임을 즐겨하던 우리 동네 독립 책방인 서른 책방에 들렀다. 그리고 쪽지 하나를 책방 사장님께 전달했다. '내일 병원에 첫 출근하게 되었어요. 그리고 그 이야기를 모아 저도 책을 내고 싶어요. 그때까지 오래오래 책방을 지켜주세요' 이 원고가 세상 밖으로 나오게 된 시작점이었다. 글을 쓰고 싶다는 생각은 내 간호사 생활을 버티게 한 원동력이었다. 일이 힘들어 몸은 고돼도 글 몇 줄 더 쓸 수 있는 소재가 생겼으니 원원인 샘이었다. 그렇게 간호사라는 일을 시작하고 백일동안 하루도 빠짐없이 꾸준히 일기를 썼다. 일기를 블로그에 게시하면서 어느 날은 내가 익명의 댓글에 위로받았고 어떤 날은 나의 하루가 공감을 얻기도 했다. 그리고 삼 년의 시간이 훌쩍 지난 지금 아쉽게도 그 책방은 문을 닫았지만 여전히 나의 다짐은 유효했다.

응급의료센터 간호사로서의 생활을 마무리하며 모아두었던 이 원고를 정리하게 되었다. 책을 내겠다는 나의 결심 또한 새로운 시작이었다. 굳건한 마음과는 다르게 하나의 책으로 엮는 과정은 쉽지 않았다. 달리기 경주의 시작을 알리는 총처럼 준비 땅을 외치니 평소엔 술술 잘만 써지던 글에 속도가 점차 줄었고, 방법을 알지 못해 한 단계 한 단계 내딛는 속도가 더뎠다. 목적지는 있는데 길이 보이지 않았다. 수많은 갈림길을 마주하고 잠시 길을 잃기도 했다. 헤매고 돌아가는 과정에서 새롭게 얻은 것도 있다. 나와 같은 꿈을 꾸는 사람들, 나보다 먼저 꿈을 이룬 사람들, 직접 몸으로 부딪치며 행동해서 얻은 모든 것들. 책을 준비하면서 한 번이라도 자신의 생각을 결과물로 만들어 낸 사람들을 우러러보았다. '하고 싶다'는 말은 누구나 할 수 있으나 생각을 행동으로 옮기는 건 일부였기에. 이 책 또한 나의 처음이기에 어설프고 모진 구석이 있을지 모르겠다. 하지만 내가 살아온 삶의 일부이기에 그 무엇보다 더 꾸밈없고 진실되다. 승자에 따라 역사가 바뀌듯 과거의 나를 평가하는 건 현재의 나 자신이다. 그렇기에 내가 할 수 있는 건 현재 나의 상태를 조금 더 만족스러운 모습이 되도록 돌보는 일이 될 것이다. 살아온 날들보다 더 많은 날을 살아가면서 새로운 시작 앞에 방황과 우여곡절이 따르겠지만 '미래의 나에게 더 좋은 것을 줄 수 있도록' 잠시 쉬어가더라도 멈추진 말자. 만약 이 책을 집어든 당신도 새로운 시작을 앞두고 있다면 마지막 글로 당신의 응원을 대신한다.

그대의 자질은 아름답다.

그런 자질을 가지고 아무것도 하지 않겠다 해도

내 뭐라 할 수 없지만

그대가 만약 온 마음과 힘을 다해 노력한다면

무슨 일인들 해내지 못하겠는가

그러니 부디 포기하지 말길

- 세종 22년 7월 21일 -

신규간호사 일기장

초판 1쇄 발행   2024년 8월 26일

지은이   박소정
펴낸이   박소정
디자인   박소정

펴낸 곳   HAVE A NICE DAY
등록번호   제2024-000093호
이메일   sotg89@naver.com
인스타그램   @so__ojs2

ISBN 979-11-988908-8-7 (03810)

* 판매수익금의 일부는 불우이웃을 위해 기부됩니다.